»I... Ich hab das ernst gemeint«, warnte ich vorsichtshalber noch einmal. Vor lauter Aufregung und heimlicher Freude klang ich ungewollt etwas wütend.

»Davon bin ich ausgegangen«, brummte Akira.

Ich schluckte nervös. »Ich meine, nur mal zur Probe. Also, na los!«

Ich freue mich sehr, dass ich eine
Light Novel zur Mangaserie heraus-
bringen durfte! Ich hoffe, ihr habt
beim Lesen ein bisschen Spaß!

Yuzu Tsubaki

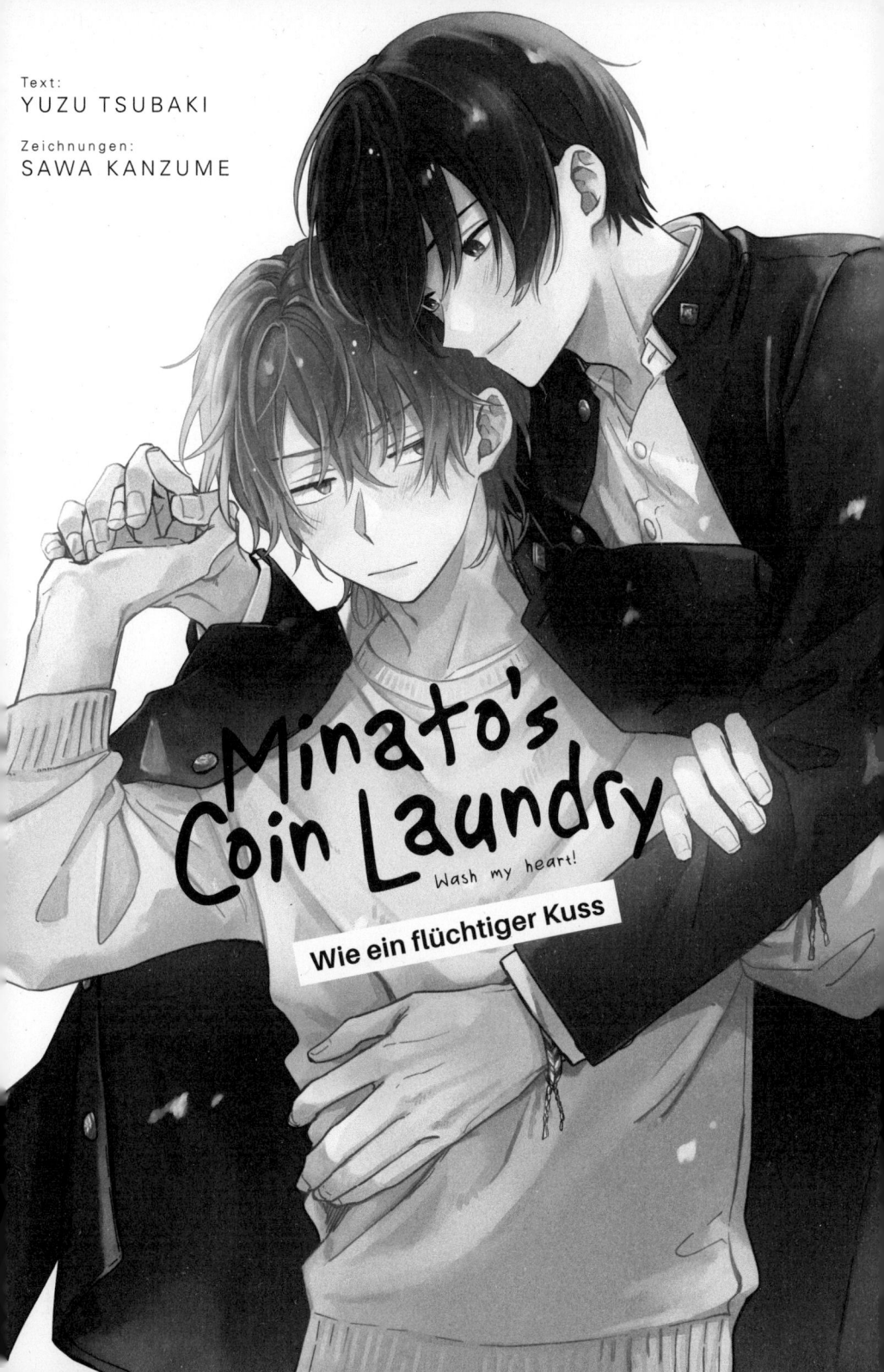

Text:
YUZU TSUBAKI

Zeichnungen:
SAWA KANZUME

Minato's Coin Laundry

Wash my heart!

Wie ein flüchtiger Kuss

Shintaro Katsuki (Shin)

Ein gut aussehender Highschool-Schüler, der in die 11. Klasse geht. Weil er in Minato verliebt ist, besucht er seinen Waschsalon häufiger als nötig. Trotz seiner ruhigen Art kann er sehr stürmisch werden, wenn es um Minato geht, und gesteht ihm unermüdlich seine Liebe.

Akira Minato

Ist meistens gut drauf. Er hat den alten Waschsalon seines Opas übernommen, nachdem ihn die Arbeit in einem großstädtischen Unternehmen körperlich ruiniert hatte. Es schmeichelt ihm, wie Shin sich um ihn bemüht. Doch aufgrund des Altersunterschieds und einer früheren Erfahrung mit der Liebe kann er sich nicht auf ihn ein-lassen … oder doch?

Takayuki Sakuma

Minatos ehemaliger Highschool-Lehrer. Als Minato noch ein Rowdy war, hat er ihn in den Schwimmklub geholt und so zurück auf die richtige Bahn gebracht. Ein sanftmütiger und lieber Mann. Minato war in ihn verliebt.

Asuka Hanabusa

Shins Klassenkamerad und ein cooler Typ, der gern mit den Mädchen in der Schule flirtet, aber auch im Fischgeschäft seiner Familie an der Kasse mithilft. Minato kennt er von klein auf. Seit er herausgefunden hat, dass Shin auf Minato steht, zieht er ihn regelmäßig damit auf.

Kaname

Hayato

Takafumi

Die Jungs aus dem Schwimmklub

Sie waren zu Minatos Highschool-Zeit einen Jahrgang unter ihm und auch Mitglieder des Schwimmklubs. Ihre Eltern betreiben Geschäfte im Keyaki-Einkaufsviertel.

Story

Akira Minato ist ein Mann Anfang dreißig und verwaltet einen in die Jahre gekommenen Waschsalon. Als plötzlich der Highschool-Schüler Shin als Kunde zu ihm in den Waschsalon kommt, freunden sie sich trotz des Altersunterschieds an. Eines Tages gesteht Minato ihm aus Versehen, dass er schwul ist, und ihr zarter Kontakt scheint ein jähes Ende zu nehmen – doch Shin kommt zurück und überschüttet Minato mit seinen Gefühlen für ihn. Minato weiß eigentlich, dass er sich nicht auf Shin einlassen sollte, aber dann …?

Wash
my heart!

Inhalt

Wash
my heart!

Kapitel 1

Die Kartoffeleintopf-Party
des Keyaki-Einkaufsviertels

Shin und ich waren heute zum ersten Mal außerhalb des Waschsalons verabredet.

Es war Sonntagnachmittagg. Der Fluss Hirose plätscherte leise vor sich hin und wenn man nach oben schaute, war da nur endloser blauer Himmel. Ein Altweibersommertag wie aus dem Bilderbuch. Zeitweise wehte ein kalter Wind über die Wiese am Flussufer, doch auch der war nicht imstande, das Gelächter der Menschen, die hier einen schönen Tag miteinander verbrachten, zu dämpfen.

Kartoffeln, Schweinefleisch, Konjakwurzel, Lauch, Karotten und noch weiteres Gemüse – das alles brodelte in einem großen Kessel und verströmte einen warmen, appetitlichen Duft. Es war ein Kesseleintopf, wie er in dieser Gegend immer im Herbst gekocht wurde.

»Danke, dass du mich eingeladen hast«, sagte Shin und lächelte mich fröhlich an.

»Ach, nicht der Rede wert«, murmelte ich zurück. »Ich meine, ich wollte dich ursprünglich nur als Gast dabeihaben, aber jetzt hilfst du sogar mit ...«

Es hatten sich vor allem die jüngeren, aber auch ein Teil der älteren Mitglieder der Händlervereinigung des Keyaki-Einkaufsviertels zu einer Party versammelt, die wir jedes Jahr im Herbst hier am Fluss veranstalteten. Dabei gaben wir die ganzen Zutaten in einen großen Kessel, kochten den Eintopf nach einem traditionellen Rezept unserer Gegend und verbrachten eine schöne Zeit miteinander. Niemand wusste genau, wie und wann diese Tradition der Kartoffeleintopf-Party entstanden war. Es gab verschiedene Theorien über den Ursprung, doch sie alle waren nur Legenden und letztendlich war es auch gar nicht so wichtig. Hauptsache, wir konnten uns jedes Jahr im Herbst hier treffen, zusammen kochen und Spaß haben.

»Jedenfalls bist du uns echt eine Hilfe, Shin«, sagte ich.

Eigentlich hatte ich ihn wirklich nur eingeladen, weil ich dachte, dass er sich so ein bisschen vom Lernen erholen könne. Ich hatte nicht die Absicht gehabt, ihn mit anpacken zu lassen. Stattdessen hatte ich mich sogar gefragt, ob ihm hier zwischen den ganzen älteren Männern nicht langweilig werden würde – aber dann war mir eingefallen, dass ja auch Asuka und andere junge Leute in seinem Alter kommen würden.

Dennoch hatte Shin von Anfang an beim Kochen geholfen und sich als richtig talentiert herausgestellt. Er konnte so hervorragend Gemüse schneiden, dass die älteren Restaurantbetreiber aus unserer Straße ihn einer nach dem anderen fragten, ob er nicht bei ihnen in die Lehre gehen und später ihr Geschäft übernehmen wolle.

»Er übernimmt keinen eurer Läden, ihr Trottel! Shin wird nämlich mal ein großartiger Arzt, merkt euch das!«, hatte ich laut gerufen und die gierigen alten Säcke vertrieben.

Sakaki, der die Gruppe der jungen Leute der Händlervereinigung anführte und ein Jahr älter war als ich, hatte mir daraufhin locker auf die Schulter geklopft und gemeint: »Na, Akira, du hast aber einen ganz schönen Beschützerinstinkt, wenn es um Shin geht, was?«

Ich war sofort rot angelaufen und hatte entrüstet widersprochen: »D... Das stimmt gar nicht ...!«

Zu mehr Widerworten war ich jedoch nicht fähig gewesen und hatte daher Angst bekommen, unglaubwürdig zu wirken. Shin hatte gegrinst und mir strahlend zugerufen: »Danke, Minato!«

Ich musste auch ein bisschen lachen, denn ja – ich hatte mich in der Tat als Beschützer aufgespielt. Ich konnte es einfach nicht zulassen, dass jemand versuchte, Shin von seinem großen Traum abzubringen. Schließlich lernte er dafür jeden Tag so fleißig.

Shin hieß mit vollem Namen Shintaro Katsuki. Er war vor ein paar Monaten an einem Sommertag zum ersten Mal in meinen Waschsalon gekommen und hatte mir kurz darauf plötzlich gestanden, dass er mir gegenüber sexuelles Verlangen hegte.

Laut ihm waren wir uns im Waschsalon auch gar nicht zum ersten Mal begegnet. Wir hätten uns vor zehn Jahren schon einmal getroffen, aber daran konnte ich mich leider überhaupt nicht erinnern.

»Shin, für dich eine Cola?«, fragte ich ihn jetzt.

»Ja ... Danke, Minato! Hey, soll ich dir beim Verteilen der Getränke helfen?« Erfreut nahm Shin die Cola entgegen.

»Wenn das für dich kein Problem ist, gern. Fang am besten drüben auf der anderen Seite an«, entgegnete ich und reichte Shin eine der Kühltaschen mit Getränken darin. Er nickte und fing vom anderen Ende her an, Getränke an die Partyteilnehmer zu verteilen, die um den riesigen Kessel herumsaßen.

Wie gut, dass ich ihn eingeladen hatte. Beeindruckt von seinem jugendlichen Eifer und der Energie, die er ausstrahlte, setzte ich meine Getränkerunde fort.

»Asuka, für dich auch eine Cola?«

»Jo! Danke, Akira!«

Nachdem ich Asuka eine kleine Colaflasche gegeben hatte, wandte ich mich den drei neben ihm sitzenden jungen Männern zu, die in der Schule eine Klasse unter mir und auch im Schwimmklub gewesen waren – Hayato, Takafumi und Kaname.

»Na, und für euch drei Bier?«

»Aber klar doch!« Hayato und Kaname grinsten und nahmen jeweils ein Bier von mir entgegen. Nur Takafumi winkte mit trübseliger Miene ab.

»Für mich ein alkfreies, bitte«, sagte er. »Ich muss die zwei später nach Hause fahren.«

»Ach so? Dann darfst du ja heute als Einziger von euch nicht trinken?!«

Hayato und Kaname nickten grinsend, was mich dazu veranlasste, sie für ihre fehlende Dankbarkeit zu belehren.

»Habt ihr denn kein Mitleid mit ihm, oder was? Wieso muss er die ganze Verantwortung tragen, während ihr euch vergnügt?« Ich streckte meine Hände aus und schnipste Hayato und Kaname zur Verdeutlichung meiner Worte kräftig gegen die Stirn.

»Die Verantwortung trägt er schon nicht allein, nicht wahr?«, gab Hayato schnell zurück und blickte Takafumi hilfesuchend an.

»Lass gut sein, Akira«, meinte der daraufhin. »Du weißt doch, wenn ich möchte, kann ich jederzeit Alkohol trinken.«

Seinen Eltern gehörte nämlich das Spirituosengeschäft »Shizuka«. Takafumi schob mit einem Finger seine Brille hoch und lächelte mild.

»Na, wenn du meinst ... Dann sag ich halt nichts mehr.« Ich verzog kritisch die Augenbrauen, bevor ich weiterging. Denn auch der Rest der gut vierzig Gäste wollte mit Getränken versorgt werden.

Als irgendwann jeder eine Flasche oder Dose in der Hand hielt, atmete ich erleichtert auf. Etwa zur selben Zeit war Shin auf der anderen Seite auch fertig geworden und kam zu mir zurück.

»Hier, Minato, hab ich für dich aufgehoben.« Grinsend hielt Shin mir ein Dosenbier hin.

»Super, genau das wollte ich trinken! Du kennst mich schon echt gut, was?« Dankbar lachend griff ich nach dem Bier.

Genau in dem Moment räusperte sich Sakaki laut und rief: »Sooo, damit kann die diesjährige Kartoffeleintopf-Party des Keyaki-Einkaufsviertels wohl offiziell beginnen!«

Shin und ich drehten uns in seine Richtung und stimmten in den Beifall der anderen ein.

Für mich war der größte Teil meiner Aufgaben hiermit erledigt und ich konnte entspannt die Party genießen – dachte ich jedenfalls.

»Doch bevor wir anstoßen, kurz ein paar Worte von Akira, der letztes Jahr aus Tokyo zurückgekommen ist! Akira, wenn ich bitten darf?«

»Was, ich?!«

Ich hatte mich darauf eingestellt, dieses Jahr nur im Hintergrund mit anzupacken, und war ziemlich überrumpelt.

»Ja, du! Wer denn sonst? Na los, komm schon!«

Sakaki hielt lachend sein Dosenbier hoch. Er war in der Schule ein Jahr über mir gewesen und hatte vor Kurzem die Nachfolge in der Bäckerei seiner Eltern angetreten. Kennengelernt hatte ich ihn ebenfalls im Schwimmklub.

Zu Streichen wie diesem war er meist nur aufgelegt, wenn er Alkohol intus hatte. Dass er jetzt mit einem Bier in der Hand redete, deutete stark darauf hin, dass er zuvor beim Aufbau einen von den Jungs dazu überredet – oder wohl eher gezwungen hatte – ihm eins zu geben.

Vorwurfsvoll schaute ich zu Hayato und den anderen hinüber, die mich verlegen angrinsten und ihre Hände zu einer stillen Entschuldigung aneinander legten. Aha, sie hatten Sakaki also das Bier gegeben.

Ablehnen konnte ich die Bitte um einen Trinkspruch leider schlecht und so hob ich mit einer Mischung aus Unlust und Pflichtbewusstsein meine Bierdose in die Höhe.

»Hey, Leute! Ich bin Akira Minato aus dem Waschsalon, den ihr alle kennt und immer brav besucht, nicht wahr? Dafür ein großer Dank an dieser Stelle ... Übrigens soll es nächste Woche viel regnen, also wascht und trocknet eure Wäsche gern wieder bei mir!«

Alle lachten schallend.

»Ihr hört es, der stellvertretende Leiter der jungen Leute der Händlervereinigung kann hervorragend Eigenwerbung machen!

Aber sag mal, Akira, täusche ich mich oder hast du in letzter Zeit etwas zugelegt?!«, rief Sakaki.

Ich ignorierte seine freche Bemerkung und fuhr fort.

»Ich habe für einige Jahre in Tokyo gelebt, doch das Leben hat mich aus verschiedenen Gründen zurück in die Heimat geholt und ich habe vor, mich ab jetzt in der Händlervereinigung als stellvertretender Leiter der jungen Leute zu engagieren und natürlich ein guter Waschsalonbetreiber im Keyaki-Einkaufsviertel zu sein! In diesem Sinne ...«

»Red nicht so lang, Akira! Wir wollen trinken!«

»Genau, du altes Waschweib!«

»Wie bitte?! Oh Mann, okay, wie ihr wollt, stoßen wir an!«, beschloss ich schnell, als vor allem die älteren Herren ungeduldig wurden. »Also, habt viel Spaß und genießt das Essen! Prost!«

»Prooost!!«

Seufzend ließ ich meine Hand sinken. Heute wollte ich Shin doch meine beste Seite präsentieren, aber das war mir jetzt überhaupt nicht gelungen. Ich verfluchte die alten Männer insgeheim und trank zur Ablenkung mein Bier. Das heißt, ich stürzte fast die ganze Dose in einem Zug herunter. Das erfrischende Prickeln und der Hefegeschmack breiteten sich wohltuend in meinem Körper aus.

»Pfuaaah, schmeckt das gut!«, rief ich erleichtert.

So ein Bier unter freiem Himmel war schon etwas Tolles. Genüsslich leckte ich mir den Bierschaum von der Lippe, als ich Shin neben mir leise kichern hörte.

»Was lachst du jetzt, Shin?« Ich funkelte ihn ein wenig böse an.

Shin lächelte jedoch und fragte zurück: »Soll ich dir echt sagen, was ich lustig fand?«

Daraufhin wandte ich verlegen den Blick ab. Ich wollte den Grund lieber nicht hören, da Shin mir wahrscheinlich bloß wieder einmal sagen würde, dass ich total süß sei oder so etwas in der Art. Das würde mein Herz nur schwer ertragen.

»Minato, hier«, hörte ich wieder Shins Stimme.

Als ich zu ihm hochschaute, hielt er mir eine Plastikschale mit Kartoffeleintopf hin, die er offensichtlich von jemandem am Kessel gereicht bekommen hatte. Ich nahm die Schale an und begann sofort, den warmen, noch dampfenden Eintopf zu essen. Zwischendurch schlürfte ich auch von der Brühe, die all die Nährstoffe aus dem Fleisch und Gemüse in sich aufgenommen hatte, und spürte, wie sie meinen Körper von innen wärmte.

»Hach, lecker ...«

Auch das Essen schmeckte an der frischen Luft besser als sonst und ich fragte mich, warum das wohl so war.

»Magst du auch etwas?«, fragte ich Shin. »Probier doch mal die Reisbällchen, die ich selbst geformt habe ... Und dann gibt's da drüben noch Fleischspieße mit Lauch, frittierte Hähnchenstücke, Salat und so weiter.«

»Die Reisbällchen hast du geformt?«

Der Ton von Shins Frage ließ mich aufhorchen, während mein Finger noch erklärend auf den Campingtisch mit den Reisbällchen und weiteren Kleinigkeiten zeigte. Shin sah mich so intensiv an, dass mich sein Blick verwirrte.

»Ja, das habe ich, wieso? Glaubst du, sie schmecken nicht, weil sie von mir sind? Probier doch erst mal – einige sind mit Lachs gefüllt, einige mit Bonito-Flocken und der Rest mit Seetang.«

Die jungen Mitglieder der Händlervereinigung hatten sich heute Morgen getroffen, lange bevor Shin und die anderen Gäste gekommen waren, und hatten Reisbällchen gemacht sowie andere Vorbereitungen getroffen. Weil es allerhand zu tun gab, hatte ich letztendlich die meisten Bällchen allein geknetet. Im Kochen war ich zwar nicht besonders gut, aber Reisbällchen formen, das kriegte auch ich noch hin.

»Welche genau sind von dir?«, wollte Shin wissen. »Ich esse sie alle.«

»Das schaffst du bestimmt nicht, denn ich hab fast alle gemacht, die du siehst ... Ha ha, wieso guckst du jetzt so feindselig?«

Als ich zum Auflockern der Stimmung lachte, wurde Shins Blick noch düsterer.

»Ich will nicht, dass jemand außer mir deine Reisbällchen isst«, sagte er.

Für einen Moment konnte ich nichts erwidern. Dann schaffte ich es, mich zu überwinden und noch einmal zu lachen.

»Du hast aber ganz schön viel Hunger mitgebracht, was?«

»Ich glaube, du weißt, wie ich das meine ...« Shin sah mich halb böse, halb traurig an.

Tapfer hielt ich mein Grinsen aufrecht, ohne auf seine Anklage einzugehen. Ich hatte durchaus verstanden, wie er das gemeint hatte, aber das konnte ich jetzt auf keinen Fall zugeben.

Mein Herz verkrampfte sich immer etwas, wenn Shin mir gegenüber auf seine jugendliche Art, aber doch so offen, Besitzansprüche erhob. Ich bekam dadurch das Gefühl, etwas Besonderes für ihn zu sein. Das war angenehm und beängstigend zugleich. Beängstigend deshalb, weil ich es nicht zu sehr genießen wollte, es dann aber trotzdem irgendwie tat.

Ich war zurück aufs Land gezogen, nachdem meine Arbeit in der Großstadt mich ausgelaugt und ich körperliche Probleme bekommen hatte. Mit Anfang dreißig hatte ich mir somit das neue Ziel gesetzt, in meiner Heimat ein friedliches und gewöhnliches Leben zu führen. Es versprach Langeweile pur zu werden, doch nun wurde mein Herz sehr von diesem Highschool-Schüler Shintaro Katsuki aufgewühlt ...

»Ich mach dir demnächst noch einmal Reisbällchen, okay?«, sagte ich.

»Echt? Das heißt, du machst dann welche nur für mich?«, rief Shin erfreut.

Ich musste wieder fast lachen, weil Shin die Aussicht auf selbstgeknetete Reisbällchen von mir so begeisterte. Seine Reaktion war echt süß. Aber wenn ich jetzt lachte, würde Shin sich noch mehr freuen, und das wäre zu viel für mich. Darum nickte ich nur.

»Ja, ich mach demnächst noch einmal Reisbällchen nur für dich. Also sag nichts mehr und iss, okay?

Ich griff nach einem Reisbällchen und reichte es Shin. Er nahm es mit einem verdrießlichen Blick und biss davon ab. Sofort entspannte sich sein Gesicht, was mich erleichterte.

»Schmeckt gut! Ich glaube, ich habe noch nie etwas Selbstgemachtes von dir gegessen. Das freut mich gerade total.«

Na ja, die Reisbällchen zu kneten, war echt nicht so schwer gewesen – das wollte ich gern erwidern und dann sagen, dass Shin bestimmt der viel bessere Koch von uns beiden war. Reisbällchen waren keine große Kunst. Aber weil Shin sich ehrlich zu freuen schien, dass sie gut schmeckten, hob das auch meine Laune und ich beschloss, nichts zu sagen.

Stattdessen aß ich weiter den Kartoffeleintopf, der mich schön wärmte, und guckte Shin verstohlen beim Essen des Reisbällchens zu. Es war ein ziemlich großes Exemplar, doch Shin verschlang es mit nur drei Bissen und streckte mir kauend seine Hand entgegen.

Da hielt ich es doch nicht mehr aus und prustete los. »Du willst noch eins, oder ...?!«

Shin nickte stumm. Also nahm ich ein weiteres Reisbällchen vom Tisch und sagte: »Hier, das ist mit Seetang.«

Ich kam mir ein bisschen wie beim Füttern eines zutraulichen Tiers vor.

Shin verspeiste auch das zweite Reisbällchen mit großen Bissen. Es schien ihm wirklich zu schmecken. Bald war auch das dritte genauso schnell in seinem Magen verschwunden. Als ich Shin so sah, erinnerte ich mich daran, was ich manchmal beinahe vergaß: Dass er im Grunde ein normaler Highschool-Schüler war. Ich hatte zu seiner Zeit wohl auch genauso viel oder noch mehr gegessen und war trotzdem nie satt geworden ...

»Minato, brauchst du Nachschlag?«

Shins Frage holte mich aus meinen Gedanken zurück und ich merkte, dass meine Plastikschale inzwischen leer war. Und Shin hatte schon wieder ein Reisbällchen verputzt.

»Ja, gern. Wenn wir uns schon alle hier versammelt haben, müssen wir auch viel essen, nicht wahr?«, meinte ich enthusiastisch.

Wir saßen zu zweit in der Nähe eines Tischs, an dem die älteren Männer Bier tranken und sich lautstark Witze erzählten. Shin ging zu dem großen Kessel hinüber, schöpfte mir eine neue Portion Kartoffeleintopf in die Schale und brachte sie mit einem leicht andächtigen Blick zurück.

»Pass auf, dass du dich nicht verbrennst«, meinte er, als er sie mir reichte.

»Danke«, entgegnete ich.

»Ach ja, brauchst du Salz und Pfeffer?«

»Das wäre in der Tat nicht schlecht.«

»Ich glaube, ich hab die Streuer auf einem anderen Tisch drüben gesehen. Warte, bin gleich wieder da.«

»Ah, hey ...!«

Doch ehe ich Shin aufhalten konnte, hatte er sich schon lächelnd umgedreht und ging zu einem weit entfernten Tisch. Ich kratzte mich verlegen am Kopf, während ich ihm hinterherschaute. Nur wegen Salz und Pfeffer hätte er sich nicht extra auf den Weg machen müssen, aber für mich legte Shin sich immer so ins Zeug. Und ich wusste nie richtig, wie ich das finden sollte.

»Na, hier herrscht aber strenges Flirtverbot, das ist dir schon klar, oder?«

Um ein Haar hätte ich mir den heißen Kartoffeleintopf über die Beine gekippt, als direkt hinter mir Asukas witzelnde Stimme erklang. Ich drehte mich um und da stand tatsächlich der Junge, den man wohl aus jeder Entfernung sofort erkennen würde.

»Boah, Asuka! Hast du mich erschreckt«, rief ich. »Sag doch nicht ständig irgendwelche Sachen, die gar nicht stimmen!«

»Wieso Sachen, die nicht stimmen? Ich hab mich nur auf das bezogen, was ich gesehen habe, hi hi …«

»Da musst du dich aber schwer verguckt haben, du! Ich bin ein Mann Anfang dreißig und neben mir saß ein Schüler!«

Ja, genau so war es. Aus diesem Grund durfte ich mir auch nicht ausmalen, in irgendeine Art von Verhältnis mit Shin zu treten.

»Das mag sein, aber was wäre, wenn du auch noch zur Highschool gingest? Würdest du dann etwas mit Katsuki anfangen?« Asuka verzog seinen Mund zu einem frechen Grinsen, während er einen Fleischspieß mit Lauch von dem großen Teller auf dem Tisch nahm.

Für eine Sekunde tauchten vor meinem inneren Auge Shin und ich in Highschool-Uniformen auf. Wir standen nebeneinander und lachten fröhlich, als seien wir beste Freunde. Doch dieses Bild vertrieb ich schnell aus meinem Kopf. Meine Highschool-Zeit lag schon über zehn Jahre zurück. Es brachte also nichts, mich auf Asukas Gedankenspielchen einzulassen, das er sowieso nicht ernst gemeint hatte.

»Red keinen Unsinn und iss lieber ordentlich. Wehe, du lässt wieder nur den Lauch übrig, ist das klar?«

»Waaaas? Aber du weißt doch, dass ich keinen Lauch mag!«

»Genau darum sollst du ihn essen. Oder nimm dir halt keinen Spieß, an dem Lauch dran ist.«

»Aber die sind doch alle mit Lauch! Und ich will das leckere Fleisch essen!«

»Du könntest dich nur von Fleisch ernähren, was? Das ist nicht gut.«

»Ach, komm, Akira! Iss doch wie immer den Lauch für mich, bitte. Du bist jetzt schon Anfang dreißig, da musst du auch Gemüse essen!«

Asuka schnappte sich einen leeren Pappteller, streifte geschickt den Lauch vom Spieß und hielt ihn mir grinsend hin.

»Dann habe ich wohl keine andere Wahl ...« Seufzend ergab ich mich.

Asuka kannte mich einfach zu gut. Ich hatte mit ihm schon gespielt und die Rolle eines großen Bruders übernommen, seit er ganz klein gewesen war. Also brummte ich jetzt nur wie üblich, dass er beim nächsten Mal auch den Lauch essen solle, und ließ alle Lauchstücke auf einmal vom Teller in meinen Mund gleiten. Der arme Lauch, der verschmäht worden war – ich hatte richtig Mitleid mit ihm. Dabei war er doch so lecker. In Gedanken entschuldigte ich mich beim Lauch für Asukas Verhalten.

»Danke, Akira, ich liebe dich! Heiratest du mich bitte?«

»Was? Nur weil ich immer deinen Lauch esse? Hast du sonst keine Ansprüche, oder wie?«

»Doch, ich mein's ernst! Möchtest du ab jetzt immer den Lauch für mich essen?!« Asuka griff nach einem neuen Fleischspieß und streckte ihn mir theatralisch entgegen. Ich fühlte mich an eine gewisse TV-Show erinnert, in der für einen Kandidaten eine Heiratspartnerin gesucht wurde und er seiner Angebeteten auf genau diese Weise eine Rose hinhielt, um ihr einen Antrag zu machen.

»Nein, so kriegst du ganz sicher kein Jawort von mir ... Da musst du schon überzeugender sein!« Ich lachte abwehrend und klaute Asuka geschickt den Fleischspieß aus der Hand. Sofort begann ich, ihn zu essen – er war echt lecker, sowohl das Hühnerfleisch als auch der in süße Sojasoße getränkte Lauch.

Asukas Abneigung gegen Lauch war natürlich etwas, das mich störte, aber gerade war ich froh, dass wir erfolgreich das Thema gewechselt hatten. Asuka sollte mir bloß mit seinen komischen Ideen fernbleiben.

Nichtsahnend hob ich den Kopf – und blickte direkt in das finstere Gesicht eines jungen Highschool-Schülers, der hinter Asuka aufgetaucht war und nun so aussah, als wolle er ihn niederschlagen.

»Sh... Shin! Ach ja ... Konntest du Salz und Pfeffer holen?«

Er zeigte mir stumm die Streuer mit den Gewürzen. Ich verstand nicht, warum, aber irgendwie sah Shin schrecklich wütend aus. Das bemerkte auch Asuka.

»Okay, ich geh dann mal zu Hayato und den anderen rüber«, meinte er und verzog sich rasch.

Ich sah ihm kopfschüttelnd nach, als er zum Nachbartisch ging und dort eifrig mit Hayato und den anderen zu reden begann. Asuka war ein Meister darin, die Stimmung aufzuwühlen und wieder zu verschwinden, sobald es brenzlig wurde.

Aber jetzt musste ich erst einmal dafür sorgen, dass Shin nicht auch noch etwas Komisches sagte.

»Shin ... Danke, dass du Salz und Pfeffer geholt hast! Das hat mir echt gefehlt ... Ha ha, es schadet sicher auch nicht, ein wenig die Fleischspieße damit zu würzen, nicht wahr? Hier, probier doch mal ...«

»Hat er dir gerade einen Antrag gemacht?«

»H... Hä, was?!«

»Ich hoffe sehr, dass du ihn nicht heiratest. Nicht Hanabusa.«

Shin sah mich weiterhin düster, aber irgendwie auch recht tiefgründig an und ich spürte, wie mein Gesicht rot anlief.

»N... Natürlich heirate ich ihn nicht! Spinnst du, wieso sollte ich?!« Ich verschluckte mich und begann zu husten.

Wieso musste Shin ausgerechnet jetzt Dinge sagen, durch die mir das Salz und der Pfeffer im Hals stecken blieben? Mit Tränen in den Augen schaute ich ihn an.

»Wie viel hast du überhaupt von dem Gespräch gehört?«, wollte ich wissen.

»Ich bin gerade zurückgekommen, als er dich gefragt hat, ob du etwas mit mir anfangen würdest, wenn wir beide noch zur Highschool gingen.«

Shin hatte also fast alles mitbekommen.

»Dann warst du aber echt schnell. Oder hast du aus der Entfernung schon deine Ohren gespitzt?«, fragte ich.

In Shins klaren Augen flackerte noch einmal Wut auf. Er wollte natürlich nicht, dass ich vom Thema abwich.

»Ihr habt so laut geredet, dass ich euch ohne Probleme hören konnte. Was kann ich dafür? Ich musste meine Ohren also gar nicht besonders spitzen«, entgegnete er.

Ich wünschte, er würde telepathisch verstehen, dass ich einfach nur Kartoffeleintopf und die anderen Leckereien mit ihm essen wollte, ohne irgendwelche Themen ernster als nötig zu nehmen oder lange darüber zu reden. Aber leider war Shin nicht gut darin, bei so etwas lockerzulassen.

»Sag schon, Minato«, drängte er stattdessen. »Was, wenn wir beide noch Schüler wären? Würdest du mich dann in Betracht ziehen?«

Na, also. Dank Asukas großer Klappe nahm Shin mich nun ins Verhör. Asuka, dieser Schuft ... Ich schwor mir, dass ich ihn bald einmal zwingen würde, Spieße mit Lauch und sonst nichts anderem dran zu essen.

»Minato, los, sag schon ...!«

Shin blickte mich mit seinen wunderschönen, strahlenden Augen an und wartete auf eine Antwort. Ich schluckte. Wenn er mich so ansah, bekam ich Angst. Sein Blick hatte mich zum ersten Mal seit Langem wieder das Fürchten gelehrt. Ich wollte nicht, dass er merkte, wie erbärmlich ich war. Doch ich konnte in diesem Moment weder etwas tun noch etwas sagen.

Wenn wir beide noch Highschool-Schüler wären ... dann würde Shin mich garantiert keines Blicks würdigen und wir würden nie in Kontakt kommen. Dessen war ich mir sicher. Ich fragte mich, ob Shin wusste, dass ich hier in keiner überlegenen Position war.

Shin fühlte sich nur zu mir hingezogen, weil ich einige Jahre älter als er und zufällig in seinem Umfeld war. Genau, das war alles.

Ich erinnerte mich an ein Gespräch, das wir relativ kurz nach unserer Begegnung geführt hatten. Da hatte ich ihm auch schon gesagt, dass er Bewunderung mit Liebe verwechsle und später begreifen würde, dass alles nur Einbildung war. Shin war daraufhin stinksauer geworden und hatte mir vorgeworfen, ich würde ihm seine Gefühle absprechen.

Ich wusste noch, wie überwältigt ich davon gewesen war, dass er mir so offen seine Wut ins Gesicht geschleudert hatte. War irgendjemand vorher schon einmal so aufgebracht wegen etwas gewesen, das ich gesagt hatte? Die plötzliche Erinnerung daran trieb mir wieder die Röte ins Gesicht.

Ich versuchte, sie loszuwerden, indem ich kräftig den Kopf schüttelte, doch vergeblich. Hatte ein Bier mich schon betrunken gemacht? Ich musste mich echt zusammenreißen. Akira Minato konnte doch nicht so ein Weichei sein!

»Ich hab keine Lust, über irgendwelche Möglichkeiten zu diskutieren, die letztendlich eh nicht eintreten können! So, und jetzt wechseln wir das Thema«, sagte ich bestimmt.

»Nein, Minato, ich will deine Meinung dazu hören, bitte ...!«

In dem Moment erklang eine Stimme über ein Megafon: »Sooo, alle mal hergehört! Wir spielen gleich Bingo!!«

Es war Hayato, der mit einer Durchsage begonnen hatte. Perfektes Timing, als wolle er mich damit erlösen.

»Alle, die mitspielen wollen, kommen bitte her und holen sich eine Bingo-Karte!«

Ich klopfte dem schmollenden Highschool-Schüler vor mir auf die Schulter und grinste. »Hörst du, Shin? Komm, wir spielen auch Bingo. Was es dieses Jahr wohl für Preise gibt?«

Ich sah, wie Hayato und Kaname, die für die Organisation des Spiels zuständig waren, einen Karton mit einem Staubsaugerroboter hochhielten, während sie die Regeln erklärten. Anscheinend war dies der erste Preis.

»Guck mal, die haben einen Staubsaugerroboter gekauft! Na, da haben sie dieses Jahr aber etwas springen lassen ... Los, Shin, holen wir uns auch Zettel und Stift!«

»Nee, keine Lust«, gab Shin knapp zurück und schmollte weiter.

»Wie, du machst nicht mit?! Na, dann gehört der Staubsaugerroboter wohl gleich mir, ha ha ha!«

Ich ließ Shin kurzerhand stehen, mischte mich unter die laut durcheinanderrufenden Gäste und holte mir eine Bingo-Karte. Mit dieser drehte ich mich zu Shin um und grinste breit. Heute würde ich einen Staubsaugerroboter ergattern!

Shin, der mir sonst immer wie ein braves Hündchen auf Schritt und Tritt folgte, starrte mich aus der Entfernung grimmig an. Ich hoffte, dass er noch eins meiner Reisbällchen essen und seine Stimmung sich dadurch etwas bessern würde.

»Hier, Akira ... Für dich gibt es den zweiten Preis.«

Ich hatte mich beim Bingo angestrengt und der zweite Preis war auch ein tolles Ergebnis. Doch so knapp am Staubsaugerroboter vorbei – das war etwas schade. Hayato überreichte mir einen kleinen Umschlag mit einer Bärchenzeichnung darauf. Ich staunte nicht schlecht angesichts des winzigen Preises, der kaum größer als meine Handfläche war.

»Wie? Das ist alles?«, rief ich fassungslos.

Konnte das wirklich der zweite Preis sein? Doch Hayato grinste mich frech an und meinte: »Tja, der Staubsaugerroboter war so teuer, dass wir kaum noch Geld für die anderen Preise übrighatten. Beschwer dich gern bei Sakaki, wenn du das blöd findest.«

Ich wandte also meinen Blick zu Sakaki hinüber, der rein zufällig – oder mit viel Geschick? – den ersten Platz belegt hatte und jetzt den Karton mit dem Staubsaugerroboter im Arm hielt. Merkwürdig, dass ausgerechnet er ihn gewonnen hatte. Aber weil Sakaki mir damals beim Schwimmen so viel beigebracht hatte, traute ich mich jetzt nicht, sein Glück anzuzweifeln. Die Hierarchien von damals hatten ihre Gültigkeit noch nicht verloren.

Also knirschte ich nur mit den Zähnen und fragte Hayato: »Okay, und was ist der zweite Preis?«

Hayato überlegte kurz, als müsse er nach einer guten Antwort suchen. Dann schlug er mir auf den Rücken und rief: »Der zweite Preis ist auch etwas Schönes, du wirst sehen! So, und jetzt geh zurück zu Shin! Er wartet da drüben schon auf dich!«

Als Hayato begann, mich kräftig zu schieben, setzte ich mich widerwillig in Gang und kehrte zu Shin zurück. Wieso hatte Hayato mir nicht einfach gesagt, was der Preis war?

Zum Glück schmollte Shin nicht mehr – dafür grinste er mich nun triumphierend an.

»Na, da hast du aber einen kleinen Staubsaugerroboter ergattert, was?«

»Mach dich nicht über mich lustig. Ich bin selbst noch ganz schockiert ...« Ich warf Sakaki, der ein Stück weiter lautstark mit seinem Gewinn prahlte, einen zweifelnden Blick zu und ließ dann enttäuscht die Schultern hängen. »Hach ... Den hätte ich gut gebrauchen können.«

»Keine Sorge. Warte nur ein paar Jahre, bis ich Geld verdiene, dann kaufe ich dir so viele Staubsaugerroboter, wie du willst.«

Shin kicherte, woraufhin ich erstaunt zu ihm hochschaute. Es hatte wie ein Scherz geklungen, doch er schien es ernst zu meinen. Ich sah vor meinem inneren Auge, wie fünf Staubsaugerroboter durch meine kleine Wohnung fuhren. Dazu könnte es in einigen Jahren wirklich noch kommen, wenn es mit Shin und mir so weiterging ... Ein heiseres Lachen entwich meiner Kehle.

»Was hast du als zweiten Preis gewonnen?«, erkundigte Shin sich neugierig.

»Ich weiß nicht – ich hab noch gar nicht nachgesehen. Was da wohl drin ist?«

Ich öffnete den kleinen Umschlag. Darin lagen zwei kleine Gegenstände – um genau zu sein, zwei geflochtene Armbänder. Eins mit blauen und weißen Wollfäden, das andere mit roten und orangenen.

»A... Armbänder? Das ist alles?«, rief ich verblüfft.

Ich hielt den Umschlag mit der Öffnung nach unten und schüttelte ihn. Tatsächlich fiel noch etwas heraus, eine kleine

Karte, auf der handschriftlich stand: *Träume schön mit diesen Armbändern.*

»Träume schön? Oh Mann, das haben wir doch mal als Preis bei einem Sommerfest vor Jahren benutzt ... Hatten sie nach dem Staubsaugerroboter echt nur noch so wenig Geld übrig?« Ich schielte erneut finster zu Hayato und den anderen hinüber, die gerade das Bingo-Spiel abbauten.

Hayato sah meinen Blick und zeigte grinsend auf Sakaki. Das sollte betonen, dass jegliche Beschwerden an ihn zu richten waren. Ich brummte verärgert und gab es auf.

»Hach, die unumstößlichen Hierarchien dieser Gesellschaft sind schon hart ...«

»Was meinst du?«, fragte Shin.

»Ach, nichts ... Hier, guck mal. Es sind zwei Armbänder. Ich schenk dir eins.«

»Was?« Shin blinzelte überrascht, als ich ihm das blau-weiße Armband über die Hand streifte. Die kühle Farbkombination stand ihm hervorragend. Noch besser sogar, als ich angenommen hatte.

»Solche Armbänder waren früher einmal total im Trend«, erklärte ich. »Es hieß, dass man sich einen Wunsch erfüllen kann, wenn man es immer trägt und so lange nicht abnimmt, bis es irgendwann von selbst abfällt. Dann soll der Wunsch wahr werden ... Na ja, aber diese zwei Armbänder sind wohl nur dazu gedacht, einem schöne Träume zu bescheren. Lass es abends doch mal zum Schlafen um und schau, was passiert, okay?«

Das mit den Träumen hatten sich Hayato und die anderen zwar garantiert nur ausgedacht, aber wieso sollte man nicht aus Spaß ein bisschen dran glauben? Auch wenn es wohl eh nichts bringen würde.

»Sie bescheren einem schöne Träume? Okay ... Dann hoffe ich, ich träume von etwas, das ich mir wirklich wünsche«, sagte Shin leise und berührte das Armband an seinem Handgelenk.

Ich konnte mich nicht davon abhalten, spöttisch zu kommentieren: »Aber doch hoffentlich nichts Unanständiges?«

Als ich Shin locker auf den Rücken klopfte, funkelte er mich böse an – und ich hielt erschrocken inne. Da hatte ich wohl mal wieder etwas gesagt, das ich besser für mich behalten hätte. Zwar nicht etwas so Heftiges wie damals, als ich einfach so herausposaunt hatte, dass ich gerne einen großen Schwanz in meinem Hintern spüren würde, und mich damit vor Shin als schwul geoutet hatte, aber trotzdem.

Es war echt nicht gut, wie ich immer versuchte, lustig zu sein und die Stimmung bloß nicht ernst werden zu lassen. Damit tat ich mir selbst keinen Gefallen. Und Shin starrte mich nun so intensiv an, dass ich mich unbehaglich fühlte. Ich wünschte mir, er würde etwas sagen, denn aus dem Blick konnte ich nicht herauslesen, was er dachte. Wieso sagte er bloß nichts, verdammt?

»W... Wenn du nicht antwortest, muss ich davon ausgehen, dass es stimmt«, brummte ich, als es mir schließlich zu viel wurde. »Soso, du wünschst dir also feuchte Träume von diesem Armband! Ha ha ... ha ha ha!«

Mein Gesicht war knallrot angelaufen und ich wusste, dass ich ziemlich verkrampft klang. Beschämt ließ ich den Kopf hängen. Da hörte ich, wie Shin laut zu lachen begann.

»Danke, Minato, dass du mich auf diese Idee gebracht hast!«, gluckste er.

Verwirrt schaute ich auf. Shin lachte nun aus vollem Hals und hielt sich dabei sogar den Bauch. Da konnte auch ich nicht mehr anders und fing an zu kichern. Immerhin hatte ich es geschafft, Shins Laune zu heben.

»Gib mir das Armband zurück«, forderte ich. »Ich hab's mir anders überlegt! Gib es mir sofort zurück!«

»Nein! Damit werde ich ab jetzt nachts immer viele feuchte Träume haben!«

»Oh Mann, du … Na, dann mach halt, was du willst! Aber erspar mir jegliche Details, okay?!«

Nachdem wir so eine Weile herumgealbert hatten, sagte Shin: »Jetzt musst du dein Armband aber auch anlegen.« Und er lächelte mich dabei so süß an, dass ich nicht widersprechen konnte.

Stumm hielt ich ihm meinen linken Arm hin und Shin streifte mir das rot-orange Armband vorsichtig übers Handgelenk. Ich fühlte mich von ihm überwältigt.

»Vielleicht haben wir so ja die gleichen feuchten Träume. Das wäre schön, oder?«

»I… Ich träume ganz sicher nicht das Gleiche wie du! Spinnst du?«

Um Shins Handgelenk baumelte nun ein blau-weißes Armband, um meins ein strahlend rot-oranges. Ich bekam ein wenig Angst, dass die Leute es für Partnerarmbänder halten könnten, und versteckte meins schnell unter dem Jackenärmel.

Als irgendwann alle satt waren und wir ein wenig aufgeräumt hatten, begannen die jüngeren Männer, Fußball zu spielen, während die Frauen der alten Herren ihre Stühle zusammenrückten und zu tratschen anfingen. Jeder verbrachte den Rest des Tages eben so, wie es ihm gefiel.

Asuka hatte Shin dazu überredet, mit ihm Fußball zu spielen, und so rannten sie jetzt beide mit den anderen Jungs über die Wiese am Fluss, die mit zwei Fußballtoren ausgestattet war. Ich war zu müde, um noch irgendetwas zu tun, nachdem ich seit heute Morgen geschuftet hatte. Also ließ ich mich auf einer Bank unweit des Fußballfelds nieder und beobachtete Shin beim Spielen. Die Bank stand im Schatten eines Baums und ich genoss es, wie die Sonnenstrahlen durch die Blätterkrone auf mich herabschienen. Das wirkte so entspannend ...

»Toll, Shin!«, jubelten die Jungs aus seiner Mannschaft.

Shin hatte gerade mit Bravour ein Tor geschossen – und sich sofort lobheischend zu den anderen umgedreht. Ich musste etwas lachen. Manchmal war Shin noch ein richtiges Kind. Ich hob meinen Arm und winkte kräftig. Shin bemerkte es und winkte übers ganze Gesicht strahlend zurück.

Beim Fußballspielen mit Gleichaltrigen sah er jünger aus, als wenn er mit mir redete. Ob er sich bei mir extra Mühe gab, erwachsen zu wirken? Darüber hatte ich noch nie nachgedacht, aber wenn es so war, dann tat es mir leid. Unwillkürlich zog ich das Armband hervor, das ich vorhin unter den Ärmel meines Trainingsanzugs geschoben hatte.

Was, wenn wir beide noch Schüler wären? Hätten wir uns dann vielleicht auf ganz natürliche Weise angefreundet und Zeit miteinander verbracht? Wir hätten nach der Schule etwas miteinander unternehmen oder über sinnlose Dinge lachen können und so weiter ...

Hätte, hätte, Fahrradkette. Es brachte echt nichts, mir Dinge vorzustellen, die in diesem Leben sowieso nie eintreten würden.

Als ich mich auf meiner Bank zurücklehnte, fielen mir allmählich die Augen zu. Die roten Herbstblätter des Baums raschelten leise im Wind. Ich hörte Shin und Asuka lachen. Der Fluss plätscherte gemächlich vor sich hin. Die Geräuschkulisse war so angenehm, dass sie mich schläfrig machte, und ehe ich's mich versah ... war ich in tiefen Schlaf versunken.

Kapitel 2
Akira Minatos Traum

Die Zikaden zirpten schrecklich laut.

Es war ein Getöse, das kaum zu ertragen war. Nur ganz leise hörte ich dazwischen eine Stimme, die sich ihren Weg in mein Gehör zu bahnen versuchte. Eine mir vertraute, recht tiefe Jungenstimme.

»...ra ... Akira! Hey, wach doch endlich auf ... Akira!«

Ich schlug die Augen auf. Das Erste, was ich sah, war Shins über mich gebeugtes Gesicht. Er wirkte besorgt. Ach ja, ich musste auf der Bank eingeschlafen sein. Und ich hatte im Schlaf wohl stark geschwitzt, denn meine Kleidung klebte mir am Körper und das fühlte sich eklig an. Mir war wahnsinnig heiß. Als ich stöhnend den Kopf hob, tropfte mir der Schweiß von der Stirn in die Augen.

Das alles war ziemlich merkwürdig. War ich überhaupt noch am selben Ort? Vorsichtig schaute ich mich um.

Ich sah Stühle, Tische, geöffnete Fenster und eine schwarze Tafel an der Wand. Vorhänge, die von einem leichten Windhauch bewegt wurden. Und die Ulme draußen hinter dem Fenster war saftig grün. Mir wurde klar: Es konnte nicht Herbst sein. Wie lange hatte ich bloß geschlafen?

Die Zikaden zirpten immer noch so laut, dass ich kaum einen klaren Gedanken fassen konnte.

»Sag mal, wo bin ich hier?«, fragte ich Shin.

Dabei wusste ich die Antwort auf diese Frage längst, wenn ich ehrlich war. Ich kannte diesen Ort nur zu gut. Wie könnte ich ihn je vergessen? Es war mein altes Klassenzimmer an der Keyaki-Highschool.

»Du weißt nicht, wo du bist?«, fragte Shin alarmiert zurück. Er trug seine Schuluniform, und zwar die kurzärmlige für den Sommer.

»D... Doch, eigentlich schon ... Aber was machst du hier? Und wieso trägst du deine Schuluniform? Du hast doch vorhin ... Hä, ich trage ja auch meine Schuluniform?! U... Und du hast mich gerade Akira genannt, nicht Minato! Hä?«

In dem Moment, als ich das rief, merkte ich, dass meine Stimme höher als gewohnt und irgendwie heiser klang. Fast so wie damals im Stimmbruch.

Ich verstand die Welt nicht mehr. Was war nur geschehen?

Shin beantwortete mir jedoch keine meiner Fragen, sondern runzelte nur die Stirn und meinte: »Natürlich trag ich meine Schuluniform ... Und jetzt steh endlich auf und komm, wir wollten doch heute Nachmittag bei mir lernen!«

Hä? Was hatte er gerade gesagt?

Ich warf einen weiteren Blick an meinem Körper herunter. Ich trug wirklich nicht mehr meinen ausgeleierten Trainingsanzug, mit dem ich auf die Kartoffeleintopf-Party gegangen war, sondern die Sommeruniform der Keyaki-Highschool. Prüfend betastete ich meinen Bauch – und japste vor Schreck.

»Huah? Nee, oder?!«

Es war unglaublich. Der Speck, der sich in den letzten Jahren zunehmend an meinem Bauch angesiedelt hatte, war weg – und nicht nur das. Als ich mein Hemd aus der Hose zog und drunter fasste, um wirklich sicherzugehen, spürte ich das Sixpack, das ich mir damals in der Highschool antrainiert hatte.

»Krass, wo ist nur mein ganzes Fett hin?!«, rief ich überglücklich.

Shin zog belustigt seine Mundwinkel hoch. »Keine Ahnung, wovon du redest, aber schön für dich ... Können wir jetzt endlich gehen? Oder wie lange willst du noch herumtrödeln?«

»Ah ... H... Hey?!«

Shin hatte mich an der Hand gepackt und zog mich energisch aus dem Klassenzimmer in den Flur. Wieso hatte er es bloß so eilig? Lief heute eine tolle Sendung im Fernsehen, für die er vergessen hatte, den Videorekorder einzustellen? Das fragte ich mich insgeheim, obwohl ich natürlich ahnte, dass es wahrscheinlich ein anderer Grund war. Aber ich traute mich nicht, Shin danach zu fragen – es schien gerade besser, ihm einfach nur zu folgen.

Ob seine Hand wohl nur wegen der Sommerhitze so heiß war und schwitzte? Das fiel mir jedenfalls auf, während ich mich bemühte, mit ihm Schritt zu halten.

Wieso war plötzlich Sommer und nicht mehr Herbst? Wieso waren wir nicht mehr auf der Kartoffeleintopf-Party am Fluss? Wieso war mein Bauch flach wie ein Brett und wieso hatte ich ein Sixpack? Und es kam mir auch so vor, als seien meine Haare kürzer geworden.

In der Eingangshalle der Schule zogen wir die Hausschuhe aus, schlüpften in unsere Sneaker und rannten ins Freie. Der Himmel strahlte türkisblau über uns und die Zikaden waren noch lauter als vorhin zu hören.

»Hey! Wohin rennen wir, kannst du mir das mal sagen?!«, rief ich noch einmal.

»Na, zu mir nach Hause! Du hast doch selbst gesagt, dass ich dir beim Lernen für die Klausuren helfen soll, die nach den Sommerferien anstehen!«

»A... Ach so, hab ich das?! Muss ich wohl vergessen haben, ha ha ...« Ich lachte über mich selbst, um meine Verwirrung zu überspielen.

»Ist dir die Hitze so zu Kopf gestiegen?«, entgegnete Shin kichernd.

Diese Möglichkeit ließ sich in der Tat nicht ausschließen.

»Quatsch«, gab ich dennoch zurück. »A... Aber hilf mir doch mal etwas auf die Sprünge, in was für einer Beziehung stehen wir gleich noch zueinander?«

»Hä?« Shin drehte sich perplex zu mir um.

Ich sah in seinem Gesicht ein Zögern sowie eine Spur von Traurigkeit aufflackern. Das machte mir Angst und ich schluckte, unsicher darüber, was er antworten würde.

»Na, das ist doch klar«, fing Shin dann an und sein Griff um mein Handgelenk verstärkte sich. Er stieß kurz die angestaute Luft aus seinen Lungen, bevor er kräftig hinzufügte: »Du bist für mich ... ein wichtiger Freund.«

Ich wusste, dass Shins Familie groß war, obwohl ich ihn noch nie zu Hause besucht hatte. Als wir jetzt zu ihm gingen, machte ich mich also auf einen lautstarken Empfang gefasst. Doch als wir eintraten, blieb es unerwartet still.

»Wo ist denn deine Familie?«, fragte ich, während wir unsere Schuhe auszogen.

»Mein Vater ist arbeiten, meine Mutter ist wohl einkaufen gegangen und meine Geschwister sind heute alle bei ihren Freunden und so«, erklärte Shin und fügte mit einem verlegenen Grinsen hinzu: »Lass uns schnell lernen, solange es ruhig ist, ja?«

Endlich begriff ich, warum er es vorhin so eilig hatte.

Shin teilte sich ein Zimmer mit seinem kleinen Bruder. Als ich das Schild an seiner Tür mit der Aufschrift *Shintaro & Yutaro* sah, musste ich lächeln.

Wir schlugen sofort die Bücher auf und fingen an zu lernen. Auf dem Weg von der Schule hierher hatte ich erfahren, dass heute der letzte Tag vor Beginn der Sommerferien war und dass Shin und ich enge Freunde waren, die in eine Klasse gingen.

Mittlerweile vermutete ich, dass ich das alles nur träumte. Wahrscheinlich, weil ich mir vorhin kurz vorgestellt hatte, wie es wohl wäre, wenn Shin und ich beide noch zur Highschool gehen würden. Es war zugegebenermaßen eine verlockende Vorstellung gewesen.

Womöglich hing es sogar mit dem Armband zusammen, welches ich gerade trug, dass ich dieses Szenario nun in einem Traum durchlebte.

Aber wie dem auch sei – wenn das hier wirklich ein Traum war, dann musste er ja auch irgendwann zu Ende gehen. Damit hatte ich an und für sich kein Problem. Nur störte mich gerade etwas anderes sehr.

Ich seufzte so leise wie möglich, was mir zum Glück auch gelang, während der kaum kühlende Wind des auf voller Stärke rotierenden Ventilators mein Gesicht streifte. Shin erklärte mir fleißig die Differential- und Integralrechnung. Ich nickte manchmal und tat so, als würde ich aufmerksam zuhören. Innerlich beschäftigte mich jedoch etwas anderes, und zwar die Tatsache, dass wir alleine in Shins Zimmer waren.

In der realen Welt hätte er diese Situation sofort ausgenutzt. Aber hier im Traum schien er kein Interesse an mir zu haben.

Das bestätigte meine Vermutung, dass ich als einer von vielen gleichaltrigen Klassenkameraden Shin eben nicht reizte. Ein bisschen erleichterte mich das sogar. Aber es versetzte mir auch einen unerwartet starken Stich in die Brust.

Die Eiswürfel in meinem Wasserglas knackten beim Schmelzen. Ich streckte meine Hand nach dem Glas aus. Meine Kehle fühlte sich ausgetrocknet an und ich wusste nicht so recht, ob es nur an der Hitze lag.

Da blickte Shin mich an und fragte: »Alles klar so weit?«

»J... Ja, alles klar! Mann, du bist echt ein Ass im Erklären! Danke!«

»Kein Problem, ich helfe dir immer gern, wenn du was nicht verstehst.« Shin lächelte mich sanft an – und ich spürte, wie sich mein Herz reuevoll zusammenzog. Aber wie sollte ich mich in dieser Situation verdammt noch mal auf Mathe konzentrieren?

»Hey, Shin ... Wie oft hab ich dich eigentlich schon zu Hause besucht?«, versuchte ich das Thema zu wechseln.

Shin blickte überrascht auf, legte den Kopf schief und dachte nach.

»Da fragst du mich jetzt aber etwas. Ich hab's nie gezählt ... aber bestimmt schon dreißig Mal oder mehr. Wir sind ja schon seit Beginn der Highschool befreundet.«

»Ach so, klar! Hast recht« Ich grinste schnell und trank von meinem Wasser.

Im Traum war ich also schon oft hier gewesen. Das überraschte mich zu diesem Zeitpunkt nicht mehr, aber es war immer noch ungewohnt, dass Shin und ich plötzlich so normal befreundet waren. Das kam mir seltsam vor. Um Shin nichts von meinen Gefühlen merken zu lassen, stürzte ich den Rest meines kalten Mineralwassers in einem Zug herunter.

»Übernachtest du heute wieder hier?«, fragte Shin mich genau in dem Moment.

»Bffhuohh?!« Ich verschluckte mich und das Wasser, das ich noch im Mund hatte, spritzte nur so heraus. Shins Frage hatte mich schockiert.

Ich hustete, während Shin mir eine Taschentuchbox hinhielt. »Alles okay? Wieso erschreckst du dich denn so?«

»Huff, ha ha ... M... Mit mir ist alles okay, aber von deinem Matheheft kann man das wohl nicht behaupten ...«

Meine Wasserfontäne hatte Shins Matheheft ertränkt. Ich versuchte, das Malheur rasch mit Taschentüchern zu beseitigen, was mir nicht so recht gelang. Doch Shin blieb erstaunlich gelassen.

»Das ist ja echt klatschnass«, kicherte er.

»Lach nicht, wir müssen es sofort trocken kriegen! Das Heft brauchst du zum Lernen ... Ach, und ich natürlich auch, ha ha ha! Tut mir leid, dass ich so etwas angerichtet habe ...«

»Schon okay, das wird schon wieder. Legen wir es mal da drüben hin«, meinte Shin. Er schien das echt locker zu sehen.

»Ah, warte mal … Mir fällt etwas ein!«, rief ich.

Ich hatte mich zufällig daran erinnert, wie ich früher einmal mit den Jungs vom Schwimmklub am Pool herumgealbert hatte und dabei all meine Lehrbücher aus der Schultasche ins Becken gefallen waren. Ich war kreidebleich geworden, während Sakaki, der mit dabei gewesen war, seelenruhig meine Bücher aus dem Wasser gefischt und mir dann einen Trick beigebracht hatte, wie man nasse Bücher trocknen konnte.

Was hatten wir damals noch gleich benutzt? Es war schon über zehn Jahre her, aber wenn mein Gedächtnis mich nicht täuschte, dann …

»Ihr habt doch sicher Gefrierbeutel im Haus?«, fragte ich Shin.

»Ja, haben wir. Aber was willst du damit?«

»Hi hi, du wirst staunen! Dein Matheheft wird bald wieder aussehen, als sei es nie nass geworden«, verkündete ich und reckte mit einem breiten Grinsen den Daumen hoch.

Shin verzog skeptisch eine Augenbraue. »Das Versprechen musst du nun aber auch halten, sonst überlege ich mir eine Strafe für dich, okay?«

Ich sah, wie seine Augen schelmisch aufleuchteten. Das entfachte meinen Ehrgeiz nur noch mehr.

Wir gingen also zusammen in die Küche, wo Shin mir einen Gefrierbeutel gab. Ich legte sein nasses Heft hinein und stellte den Beutel, ohne ihn zu verschließen, aufrecht in die Gefriertruhe. Danach erklärte ich dem verwunderten Shin gelassen, was die nächsten Schritte waren.

»Das lässt du jetzt einen Tag lang dort drin. Dann nimmst du es heraus, legst irgendein Gewicht drauf und lässt es langsam auftauen. Und dann sieht dein Heft wieder wie vorher aus!«

Ich wollte noch hinzufügen, dass er mich nicht nach einer Erklärung für diese Vorgehensweise fragen sollte – aber da strahlte Shin mich schon begeistert an, als hätte er die Zusammenhänge begriffen, die ich nicht kannte.

»Ach so, verstehe!«, rief er. »Dadurch verdampft schon mal ein Teil des Wassers im gefrorenen Zustand und das Heft ist später beim Auftauen nicht mehr ganz so nass, was dazu führt, dass das Papier sich weniger stark wellt, nicht wahr? Wow, da kennst du aber einen tollen Trick!«

Shin lächelte mich so heiter an, dass mein Herz vor Schreck einen Sprung machte.

»J... Ja, so ungefähr«, stimmte ich rasch zu, obwohl ich die Erklärung nicht genau verstanden hatte. Aber Hauptsache, wir hatten Shins Heft in Sicherheit gebracht. Ich atmete auf.

»Wenn es klappt, bist du mir ein Eis schuldig!«, forderte ich frech, obwohl ich den Schaden selbst angerichtet hatte, und klopfte Shin lachend auf die Schulter.

Seine Augen blitzten auf, er packte mich mit beiden Händen an den Wangen und zog sie auseinander.

»Heeey, waff soll daff?«

»Ach, nichts ... Ich hab nur Lust bekommen, so etwas mit dir zu machen.«

»Man ziehffh nichff einffach sffo an den Fwanngen ffon Leuffen, laff michff loff ...!«

Mein Versuch, Shin zu belehren, während ich kaum sprechen konnte, klang so komisch, dass dieser in Gelächter ausbrach.

»Unff waff lachfft du jetfft so, hääätää?!«

»Ach, Akira, du bist so sü...«

Genau in dem Moment erklang ein Geräusch aus dem Flur. Ein Schlüssel wurde im Schloss der Haustür umgedreht – und eine mir fremde Frauenstimme erklang.

»Oh, Akira? Bist du wieder zu Besuch gekommen?«

Sofort ließ Shin mich los und Enttäuschung zeichnete sich in seinem Gesicht ab. Ich fand es insgeheim witzig, wie er dabei die Augenbrauen nach oben zog, doch vor allem fragte ich mich, was er soeben hatte aussprechen wollen ... Es hatte so geklungen, als wollte er mich ›süß‹ nennen – aber wer fand schon jemanden süß, mit dem er nur befreundet war? Denn mehr als Kumpel waren wir in diesem Traum nicht. Vielleicht hatte ich mich auch verhört und Shin hatte etwas ganz anderes sagen wollen. Aber ich war mir sicher, dass er fast ›süß‹ gesagt hätte ...

Ich merkte, wie mir Hitze ins Gesicht stieg. Dass mich nur eine Silbe aus Shins Mund derart durcheinanderbringen konnte ... Während ich ratlos verharrte, kam eine Frau, vom Alter her irgendwo zwischen vierzig und fünfzig, raschen Schrittes in die Wohnküche gelaufen. Shin begrüßte sie vertraut.

»Da bin ich wieder«, schnaufte die Frau. »Hallo, Akira! Puh, ganz schön heiß draußen, nicht wahr?«

Als die Frau mich nett anlächelte, zuckte ich ein wenig zusammen. Sie hatte ein rundes, leicht pummeliges Gesicht und einen ebenfalls recht breiten Körper. Ihre klaren, strahlenden Augen sahen dagegen fast wie Shins aus. Dadurch erkannte ich auf Anhieb, dass sie seine Mutter sein musste.

Ich verbeugte mich schnell vor ihr und rief: »A... Ah ja, hallo! Und Entschuldigung, dass ich einfach so vorbeigekommen bin!«

»Mama, er übernachtet heute bei uns«, sagte Shin wie beiläufig zu seiner Mutter.

»A... Ach ja ...!!« Ich hatte mittlerweile schon vergessen, dass Shin mir dieses Angebot gemacht hatte.

Es war nur ein Vorschlag gewesen, zu dem ich noch nichts gesagt hatte, doch Shin ging offenbar längst davon aus, dass ich hier schlafen würde. Völlig durcheinander stand ich da und versuchte, meine Gefühle zu sortieren, während Mutter und Sohn weiterredeten.

»Was wollt ihr denn zum Abendessen?«, fragte Shins Mutter. »Ich habe Makrele gekauft, wie du es dir gewünscht hast.«

»Super, dann brate ich sie uns nachher, okay?«, erwiderte Shin. »Aber jetzt komm, Akira, gehen wir wieder in mein Zimmer.«

»Viel Spaß euch noch, bis später«, meinte seine Mutter, während Shin mich an der Schulter aus der Wohnküche schob.

»Danke …!«, gab ich etwas gepresst zurück. Shin hatte seinen Arm so fest um mich gelegt, dass es mir schwerfiel, meinen Kopf nach hinten zu drehen.

Es war wohl zu spät, um noch den Wunsch zu äußern, dass ich nach Hause gehen wollte.

So blieb ich bei Shin zu Hause und verbrachte letztendlich eine schöne Zeit mit ihm und seiner Familie. Shin briet jedem von uns eine leckere Makrele zum Abendessen und dann wurde der Reihe nach gebadet, auch ich durfte in die Badewanne steigen. Als es Schlafenszeit wurde, bekam ich die obere Etage des Doppelstockbetts zugewiesen, das Shin sich normalerweise mit seinem kleinen Bruder teilte. Ich fragte mich etwas besorgt, wo sein Bruder diese Nacht wohl schlafen würde – doch als ich mich bei Shin erkundigte, wehrte der nur lachend ab und meinte, dass ich mir darüber keine Gedanken machen solle.

Es war zum Glück schon kühler geworden, doch auch jetzt noch war die Luft in Shins Zimmer von der sommerlichen Hitze des Tages erfüllt. Ich kuschelte mich im Halbdunkel in die leichte Decke.

»Du, sag mal … Ich übernachte doch heute nicht zum ersten Mal bei euch, richtig?«, fragte ich Shin, der unter mir in seinem eigenen Bett lag.

Ich hörte, wie er sich umdrehte, bevor er antwortete: »Natürlich nicht, wieso fragst du? Du bist heute echt komisch … weißt du das eigentlich?«

Ich wollte plötzlich sehen, was Shin gerade für einen Gesichtsausdruck machte, und beugte mich über den Bettrand. Doch Shin war bereits aufgestanden und starrte mich prüfend an.

»Geht's dir nicht gut?«, fragte er.

Durch einen Spalt im Fenstervorhang fiel das Mondlicht ins Zimmer herein und erleuchtete Shin auf so schöne Weise, dass ich nur wortlos den Kopf schütteln konnte. Shin legte mir eine Hand auf die Stirn und kniff die Augen zusammen, als suchte er nach dem kleinsten Anzeichen von Unwohlsein bei mir. Seine Hand fühlte sich warm an und irgendwie wurde mir dadurch noch heißer als sowieso schon.

»Fieber scheinst du jedenfalls nicht zu haben ... Warte, ich komm zu dir.«

Und bevor ich widersprechen konnte, dass es hier oben zu eng für zwei Leute war, kletterte Shin bereits die Leiter zu mir hoch.

Viel Platz gab es hier echt nicht und die Zimmerdecke war recht nah. Wenn uns jemand so sehen würde, sähe das bestimmt sehr komisch aus.

Shin begann, mich mit Fragen zu löchern: Ob ich Bauchschmerzen habe, ob mir vielleicht übel sei oder ich kürzlich Durchfall hatte. Er hörte so lange nicht auf, bis ich ihn irgendwann grob anschnauzte: »Oh Mann, mir fehlt wirklich nichts! Ich bin gesund, okay?! Und jetzt lass mich schlafen!«

Ich drehte Shin den Rücken zu und fragte mich dabei, ob der Traum wohl enden würde, wenn ich einschlief. Ich wäre gern noch etwas länger Shins Klassenkamerad geblieben ... aber wenn es zu Ende gehen sollte, musste ich das akzeptieren.

»Hey, Akira ... Was willst du eigentlich nach der Highschool machen?«, hörte ich da Shin fragen.

Er hatte es so leise gemurmelt, als könnte uns sonst jemand hören. Ich wusste zuerst nicht, was ich auf die Frage antworten sollte.

Der Wind des Ventilators streifte uns abwechselnd und kühlte etwas unsere heißen Körper.

»Ich weiß noch nicht«, sagte ich nach einer Weile. Zu meiner echten Highschool-Zeit damals hatte ich nur einen Wunsch gehabt, und zwar, nach Tokyo zu gehen. Darum hatte ich mir dort irgendeine Universität ausgesucht, an der ich zum Glück auch angenommen worden war und die ich halbwegs gut absolviert hatte. Ich hatte dann eine Arbeit in Tokyo gefunden, die mir Spaß machte. Leider hatte sie mich bereits nach einigen Jahren so ausgezehrt, dass ich nicht mehr weitermachen konnte und in meine Heimatstadt zurückgekehrt war, wo ich den Waschsalon meines Opas übernommen hatte – eine Wendung, mit der ich niemals gerechnet hatte.

»Du weißt es noch nicht? Okay«, meinte Shin auf meine Antwort hin und sagte vorerst nichts mehr.

Ich spürte die Wärme seines Körpers nah an meinem Rücken, hörte das Doppelstockbett leise knarzen und uns beide atmen. Am liebsten hätte ich verlangt, dass Shin nach unten in sein eigenes Bett ging, aber das brachte ich nicht fertig. Und je mehr ich versuchte, an etwas anderes zu denken, desto mehr versteifte sich meine Aufmerksamkeit auf den dicht hinter mir liegenden Shin.

»Also, was mich angeht ... ich will Arzt werden«, sagte Shin auf einmal. »Mit dem Schwimmen hat es bei mir nicht geklappt, aber ich hab beschlossen, dass ich später einmal Menschen helfen will, die ebenfalls wegen ihrer Gesundheit leiden.«

Überrascht drehte ich mich um. Ich hatte nicht erwartet, das jetzt zu hören.

»Na ja, ich weiß natürlich nicht, ob es wirklich klappt und so, aber ich versuch's zumindest«, fügte Shin hinzu und grinste verlegen.

Er strengte sich also auch hier im Traum für seinen Berufswunsch an. Mich überkam eine Welle von Stolz, und das so heftig, dass ich kaum wusste, was ich tun sollte. Ich zog Shin am T-Shirt-Ärmel zu mir heran – und fuhr ihm kräftig durch seine frisch gewaschenen schwarzen Haare.

»Hm? H… Hey, Akira?!«

»Du schaffst das. Wenn es einer schafft, dann du … Das garantiere ich dir. Also gib weiterhin dein Bestes und tu nicht so bescheiden, okay, Shin?«

Shin sog erschrocken die Luft ein und sein Körper versteifte sich.

»Ha ha … Das klang jetzt wie ein Vater, was?« Ich versuchte, etwas zurückzurudern, nachdem ich vor lauter Überwältigung in meinen Erwachsenenmodus verfallen war. Verdammt, ich war doch jetzt ein Highschool-Schüler.

»Wir sollten schlafen«, sagte ich rasch und zog mir die dünne Decke über den Kopf. Mein Gesicht war garantiert total rot.

»Das hat schon echt ein bisschen väterlich geklungen, aber weißt du was? Mir hat es gefallen.« Shin lachte hinter mir und ich merkte, wie er mir einen Teil meiner Decke wegnahm, um sich auch darunterzulegen.

Ich roch Duschgel. Das ließ mich nervös werden und ich merkte, wie ich ein leichtes Stechen im Bauch bekam.

»H… Hey, willst du etwa auch hier schlafen?«, fragte ich sicherheitshalber.

»Ja, wieso nicht?«, meinte Shin. »Ab und zu ist das sicher okay … Dann bist du hier oben nicht so einsam.«

»I… Ich bin gar nicht einsam oder so! Im Gegenteil, es ist viel zu eng, wenn du auch hier liegst, du Blödmann!«

In Wirklichkeit bestand das Problem nicht im Platzmangel. Die Art, wie Shin mich gerade ansah, sorgte dafür, dass mir ganz anders wurde. Mein Körper begann zu zittern und es gelang mir nicht, das zu stoppen.

»Also, ich habe mich vorhin ein bisschen einsam gefühlt«, sagte Shin nun.

»D... Das glaube ich dir nicht!«, entgegnete ich empört.

Was redete er da bloß? War ihm die Hitze im Zimmer noch mehr als mir zu Kopf gestiegen?

»Woher willst du wissen, dass es nicht stimmt?«, gab Shin trotzig zurück.

»Weil's einfach nicht sein kann«, erwiderte ich nicht weniger stur. »Los, geh in dein Bett, sonst schuldest du mir drei Millionen!«

»Hä? Wieso soll ich dir Geld schulden und dann gleich so viel?« Shin lachte, ignorierte meine Forderung gelassen und berührte das Armband an meinem linken Handgelenk. Er begann dran herumzuspielen und seine Finger streiften dabei hin und wieder meine Haut. Das kitzelte.

Shins leicht trainiert aussehende Brust war direkt vor meinen Augen. Ich wünschte mir, dass er endlich hinunter in sein Bett ginge. Ich versuchte mir einzureden, dass es mir nicht so viel ausmachte, seine Brust im T-Shirt-Ausschnitt zu sehen, gleichzeitig sagte mir aber mein Instinkt, dass Shin jetzt besser nach unten sollte ...

Schweißperlen rannen über meinen Rücken. Shin lag so nah vor mir, dass ich mir fast einbildete, seine Wimpern blinzeln zu hören. Das Atmen fiel mir schwer. Mann, war das eine heiße Nacht heute. Mir war echt unglaublich heiß.

»Hey, Shin ... So langsam wird's mir hier zu eng. Es ist eh schon heiß genug, ich kann so nicht schlafen ...«

»Du hast recht, ich auch nicht.« Shin lächelte mich zärtlich an.

Diese Nähe war mir gerade viel zu viel.

»Boah, ich kann nicht mehr!«, platzte ich heraus. »Wenn du nicht gehst, dann geh halt ich runter!«

»Nein, bitte nicht ... Bleib hier. Sonst schuldest du mir fünf Millionen, okay?« Shin ahmte meine Geldforderung mit einem verschmitzten Grinsen nach.

»Hä, wieso schulde ich dir mehr als du mir? Ha ha, du glaubst wohl, mir fällt nicht auf, wie du einfach die Summe erhöhst? Oh Mann ... Aber sag mal, du hast doch eine Swatch, oder? Bring die her! Und dann lass uns die Nacht durchzocken, wenn wir eh schon nicht schlafen können!«

Ich verwarf den Gedanken ans Einschlafen und beschloss, lieber meine Freundschaft mit Shin als Schüler richtig auszukosten. Wenn wir hier schon in einem Traum und gleich alt waren, musste ich morgen nicht arbeiten und konnte ruhig eine Nacht durchmachen. Ja, das klang nach der besten Entscheidung.

»Du willst zocken? Um diese Zeit?« Shins Augen weiteten sich überrascht.

»Ja, wieso nicht?«, gab ich zurück und trat ihm leicht gegen den Oberschenkel.

Shin wich schnell aus und richtete sich auf, aber nur so weit, dass er nicht mit dem Kopf gegen die Decke stieß.

»Dann hole ich mal die Konsole und noch etwas zu trinken und zu knabbern, was?«, meinte er kichernd.

Das Zocken mit Shin machte großen Spaß. Ich fühlte mich wirklich, als sei ich wieder ein Teenager geworden, und wir alberten zusammen über alles Mögliche herum. Ja, so war es in der Highschool damals gewesen ... Man konnte sich über die kleinsten Dinge aufregen, sich über jedes Problem in die Haare kriegen, aber dann gleich wieder bis zum Umfallen über Dinge lachen, die kein bisschen lustig waren. Das taten wir heute die ganze Nacht lang.

Ich hatte erwartet, dass mein Körper bei Sonnenaufgang völlig ausgelaugt sein würde – doch zu meinem Erstaunen blieb ich fit.

Ach ja, das war auch so als Teenager gewesen – man konnte die Nacht durchmachen, ohne körperlich irgendeinen Unterschied zu spüren. Schon krass, wie viel Energie ich damals gehabt hatte.

Mein Traum endete auch nicht, nachdem wir irgendwann doch schlafen gegangen waren und ich hinterher aufwachte. Das bereitete mir jedoch keinerlei Sorgen und ich genoss einfach nur mit Shin den Sommer als Highschool-Schüler. Ich fühlte mich wie eine Qualle, die sich durchs warme Meerwasser treiben ließ.

»Hier, guck mal«, sagte Shin eines Tages zu mir, als wir gerade auf dem Heimweg vom Lernen in der Bibliothek waren. Er zeigte mir ein Heft, das ich sofort erkannte. Verblüfft sah ich zu Shin auf.

»Ist das nicht dein Matheheft, das ich unter Wasser gesetzt habe?«, rief ich.

»Ganz genau!«

»Wow ... Das sieht ja tatsächlich wie vorher aus! Krass, es hat wirklich geklappt! Siehst du, ich hab dir nicht zu viel versprochen!« Lachend hob ich meine Hand und Shin schlug seine dagegen.

»Dafür kauf ich dir wie versprochen ein Eis«, sagte er.

»Ach, ist schon gut«, wehrte ich ab.

»Nein, ich will dir eins kaufen. Gehen wir zum Kiosk?«

Ich hatte das mit dem Eis zwar nur als Spaß gesagt, aber Shin kaufte mir wirklich eins. Genau genommen holten wir uns eine Zweierpackung und setzten uns damit in einen kleinen Park in der Nähe des Kiosks.

Während im Hintergrund die Zikaden ihr Konzert fortsetzten und die Sonne sich allmählich dem Horizont entgegen neigte, aßen wir unser Eis. Und es schmeckte so gut, dass ich darüber fast schon wieder lachen musste.

Im Park war keiner außer uns, kein Wunder bei dieser Hitze. Wir hatten uns auf eine Schaukel gesetzt, die bei jedem Schwung leise knarzte, und vertrieben uns so ein wenig die Zeit. Ich hatte das erfrischende Eis schnell verschlungen und sah nun in den hortensienblauen Himmel hinauf.

»Guck mal, Shin ... Der Sonnenuntergang ist echt schön«, sagte ich.

»Du hast recht«, erwiderte Shin.

Zusammen schauten wir eine Weile gedankenverloren nach oben. Ich sinnierte ein wenig darüber, wie vertraut Shin und ich als Schüler miteinander umgehen konnten. Im realen Leben hatte er mich eindeutig mehr wie einen Erwachsenen behandelt. Als gleichaltrige Freunde waren wir auf Augenhöhe, was mich einerseits freute, andererseits sorgte es auch für ein leicht beklemmendes Gefühl.

Hier im Traum waren wir gute Freunde. Nicht mehr und nicht weniger. Uns konnte niemand für unser gutes Verhältnis rügen und es war normal, dass wir Zeit miteinander verbrachten.

In der realen Welt sah das ganz anders aus. Dort konnten wir vielleicht sagen, dass wir Freunde waren, aber es entsprach nicht der Wahrheit. Denn ich war erwachsen und somit Shin gegenüber in einer überlegenen Position. Ich war mir dessen bewusst – und doch war ich nicht in der Lage gewesen, ihn von mir zu weisen. Das hätte ich eigentlich tun müssen, als er mir plötzlich gesagt hatte, dass er sexuelles Interesse an mir hat. Stattdessen hate ich den Kontakt zu ihm aufrechterhalten, wenn auch mit einer gehörigen Portion Schuldgefühlen.

Auf einmal hörte ich einen Benachrichtigungston aus meiner Hosentasche. Ich zog mein Smartphone hervor und öffnete wie selbstverständlich den Messenger. Darin sah ich, dass ich eine Nachricht von jemandem bekommen hatte, dessen Name mir unbekannt war. Doch ich vermutete gleich, dass es sich um einen Klassenkameraden handeln musste. Er hatte mir geschrieben, dass es bald ein Gruppendate mit heißen Girls von einer bekannten Mädchenschule geben solle und ich unbedingt dabei sein müsse. Für die meisten Jungs in meinem jetzigen Alter gab es wohl nichts Verlockenderes als so eine Einladung.

Dann traf eine zweite Nachricht ein: *Die Mädels sind alle voll Bombe!!*

Hach ja, wenn es sexy Jungs wären, dann wäre ich vielleicht hingegangen. Aber Mädchen? Kein Interesse. Ich wackelte etwas mit der leeren Eispackung, die ich noch zwischen den Zähnen hielt.

»Wer hat dir geschrieben?«, fragte Shin lauernd.

»Ach, nur einer von den anderen«, gab ich vage zurück, da ich immer noch nicht wusste, ob es wirklich ein Klassenkamerad war.

In dem Moment kam wieder eine Nachricht und ich musste lachen, als ich sie sah.

Und bring Shin mit! Der macht bei so was immer nur mit, wenn du mitkommst!

Ich hielt Shin grinsend das Smartphone vor die Nase. »Du hast nicht unbedingt Lust auf heiße Girls, oder?«

Shin kniff missmutig die Augenbrauen zusammen. »Was soll ich mit denen anfangen?«

»Ganz meine Rede ...: Schön, dass wir uns da einig sind!« Ich lachte erleichtert – dann hielt ich erschrocken die Luft an, als ich merkte, was ich eben gesagt hatte.

»Wie meinst du das?«, fragte Shin da auch schon.

Die Plastikverpackung, an der ich herumgekaut hatte, fiel mir aus dem Mund und landete auf dem Boden. Shins Stimme hatte argwöhnisch geklungen. Das war nur verständlich, aber es traf mich doch irgendwie ins Herz.

»Ach ... Na ja, also ...« Meine Stimme klang auf einmal heiser.

»Du findest es gut, wenn ich mich nicht mit Mädchen treffe?«

Ja, genau das hieß es im Grunde. Allein die Vorstellung, dass Shin auf ein solches Gruppendate gehen würde, bereitete mir Unbehagen.

Darum war ich wirklich froh über seine Reaktion auf meine Frage gewesen. Denn was ich für Shin schon die ganze Zeit empfand, war ...

Aber dann stoppte ich mich, bevor ich diesen Gedanken zu Ende führen konnte. Ich musste mich geirrt haben. Eigentlich wollte ich doch nur, dass Shin sich aufs Lernen konzentrieren konnte und nicht auf irgendwelche Abwege geriet. Das hieß nicht gleich, dass ich eifersüchtig wäre, falls er doch zu einem Gruppendate ginge ... Ja, genau. Eifersüchtig wäre ich ganz bestimmt nicht.

»Du, Akira?« Shin griff nach meiner Hand, mit der ich mich an der Schaukel festhielt, und drückte sie fest.

Mein Herz fing an, schneller zu schlagen und ich versteifte mich.

»J... Ja, was ist, Shin?«, fragte ich schwach.

Shin erhob sich von seiner Schaukel und stellte sich vor mich. Sein Schatten fiel auf meinen Körper und schirmte mich von der Sonne ab. Reglos fühlte ich, wie Schweißperlen über meinen Nacken rannen. Ich war nicht in der Lage zu blinzeln oder gar einen Atemzug zu holen.

»Akira ... Ich mag dich.«

Mein Herz drohte fast, aus meinem Körper zu springen. Nachdem bestimmt eine Minute vergangen war, schaffte ich es irgendwie, mit verdattertem Gesicht zu erwidern: »Hä ...?«

»Ich mag dich«, wiederholte Shin daraufhin.

Sein Blick schien mich zu durchdringen. Nur drei kleine Worte waren es gewesen, klar und deutlich hatte er sie gesagt, aber bei mir lösten sie Schwindel aus. Bestimmt hatte ich das falsch verstanden. Wir waren doch einfach nur Freunde, oder ...?

»D... Du meinst, du magst mich als Kumpel, oder? Ha ha, erschreck mich doch nicht so, du Spinner!«

»Nein. Ich meine das im romantischen Sinn«, verkündete Shin ernst.

Mein Körper fing an zu überhitzen und der Schweiß strömte mir aus allen Poren. Es war genauso unkontrollierbar wie damals, als Shin mir das mit seinem sexuellen Verlangen gesagt hatte ...

»A... Aber wir sind doch nur gute Freunde, das hast du mir selbst gesagt! Du hast vor ein paar Tagen gesagt, dass ich ein wichtiger Freund für dich sei!«, rief ich.

»Ja, das stimmt. Aber ich hab das nur gesagt, weil ich dachte, dass du etwas anderes nicht hören willst.«

»Hä?!«

»Ich hab nur so getan, als seien wir Kumpel und nichts weiter ... damit du Zeit mit mir verbringst. Aber das reicht mir jetzt. Akira ... du ...«

»J... Ja?«

»Du bist echt so wahnsinnig süß.«

Als ich das hörte, dachte ich, dass Shin verrückt geworden sein musste. Ich ballte eine Hand zur Faust und knirschte mit den Zähnen, als ...

»Sagst du mir auch, wie du mich findest, Akira?«, bat Shin in dem Moment.

Ich wollte ihn am liebsten auf den Mond schießen, weil er so ein Gefühlschaos in mir anrichtete.

»Ich finde ... du bist ein guter Kumpel für mich«, sagte ich.

»Das kann nicht sein«, entgegnete Shin.

»Was ...?!«

Da beugte Shin sich vor – und berührte mit der Hand meine Wange.

»Wenn ich für dich nur ein Kumpel wäre ... dann hättest du nicht so etwas gesagt, als es eben um die heißen Girls ging.«

Sein Gesicht kam mir so nah, dass unsere Lippen sich fast berührten. In Shins Augen spiegelte sich die untergehende Sonne. Ich konnte nicht wegsehen.

»Wenn du jetzt nicht fliehst, küsse ich dich«, murmelte Shin. Es klang ernst.

Langsam drehte ich mein Gesicht weg. Mein Herz hämmerte immer noch wie verrückt.

»Mich küssen? Bist du bescheuert? Oh Mann, hast du etwa vergessen, dass ich erwachsen bin und du ein Highschool-Schüler?!«

»Hä? Wir sind doch beide Schüler, was redest du da?«

»Ups ...«

Vor lauter Aufregung hatte ich vergessen, dass ich träumte, und meine übliche Ausrede herausposaunt. Die half mir jetzt selbstverständlich kein bisschen. Und Shin nutzte es sofort aus, dass ich nicht mehr weiterwusste.

»Akira ... Ich liebe dich«, sagte er nun ganz direkt und so zärtlich, als habe er seine Stimme mit Puderzucker bestreut.

Die Worte hallten in meinem Kopf wider. Wir waren beide Schüler. Gab es daher überhaupt noch etwas, das uns hindern konnte, einander näherzukommen ...?

Ich musste schlucken und hörte das Geräusch laut durch meinen Körper hallen.

Als Shins Gesicht wieder auf mich zukam, drückte ich ihn schnell weg und versuchte keuchend, meinen Puls zu beruhigen.

Ich hatte verhindert, dass es zu einem Kuss kam. Allerdings nicht, weil ich erwachsen war und es moralisch nicht richtig fand, mich jetzt von Shin küssen zu lassen. Nein, ich hatte einfach nur panische Angst gehabt.

»D... Du und ich, wir sind beide noch so jung, da kannst du gar nicht wissen, ob du mich liebst oder nicht ...!«, rief ich und wandte schnell mein Gesicht ab, das knallrot geworden sein musste.

Shin sagte daraufhin zuerst nichts. Irgendwann hörte ich ihn tief seufzen und merkte, wie er allmählich einen Schritt von mir wegtrat. Unwillkürlich griff ich nach seinem Ärmel.

»Ah«, machte ich dabei.

Mit einem Mal hatte meine Angst sich ins Gegenteil verkehrt. Ich wollte nicht, dass Shin mich verließ und womöglich nie wiederkam. Wie konnte das sein? Eben noch war mein einziger Gedanke gewesen, dass Shin mir nicht zu nah kommen sollte. Ich war so ein Idiot. Mein Herz und mein Kopf konnten sich einfach nicht einigen.

»Wieso hältst du mich jetzt fest?«, fragte Shin.

Ja, das wollte ich auch gern wissen. Ich hatte keine Ahnung, wie ich ihm das erklären sollte.

»Akira ... Schau mich an.«

Ich schüttelte kräftig den Kopf. Ich blickte immer noch in eine andere Richtung und war mir nicht sicher, was ich in diesem Moment für ein Gesicht machte. Doch es war bestimmt eins, das Shin lieber nicht sehen sollte.

»Schau mich an«, sagte er noch einmal. Seine Stimme klang weicher als beim ersten Mal, aber dennoch fordernd.

Ich krallte meine Hand fester in seinen Ärmel. Jede meiner Handlungen widersprach sich gerade total. Ich sagte Dinge, die Shin von mir wegtreiben sollten, aber wenn er sich dann tatsächlich zu entfernen begann, bekam ich Angst und klammerte mich an ihn. Ob als Erwachsener oder als Schüler, ich war und blieb ein Feigling.

Langsam drehte ich Shin nun doch meinen Kopf zu und sah ihn mit Wut in den Augen an.

»W... Was willst du eigentlich von mir? Ich bin niemand, in den du dich verlieben solltest oder so! Ich bin ein Schwächling, ein mieser Feigling, der immer gleich wegläuft ... Du siehst mich vielleicht durch irgendeine rosa Brille, aber so bin ich in Wahrheit gar nicht! D... Du könntest garantiert jemanden finden, der viel mehr ... viel mehr zu dir ...«

Den letzten Satz konnte ich nicht beenden. Ich merkte, wie mir die Tränen kamen, und biss mir verzweifelt auf die Lippe. Von Shin kam ein leises Seufzen zurück.

»Du hast recht … Ja, du bist ein Schwächling und ein mieser Feigling«, sagte er dann. Es klang hart, sogar etwas verächtlich.

»D… Das weiß ich, du musst es mir nicht extra bestätigen!«

»Aber ich tue es trotzdem.«

»Wieso?!«

»Weil ich finde, dass es stimmt. Aber trotzdem, oder gerade deswegen … Ich liebe dich, obwohl ich weiß, dass du so bist. Nur kann ich's dir wahrscheinlich noch so oft sagen, du kapierst es leider nicht. Du hörst mir wohl gar nicht richtig zu, wenn ich es sage. Das ist zum Kotzen … echt zum Kotzen!«

Shin klang inzwischen wie ein tobendes Kleinkind. Während ich ihn verwirrt ansah, musste ich daran denken, dass er früher schon mal so ähnlich mit mir geschimpft hatte, nur nicht hier im Traum.

»Wenn's nach dir geht, sind wir also noch zu jung?! Na gut, dann warte ich halt … Aber nur so lange, bis wir mit der Highschool fertig sind, und nicht länger! Alles klar, Akira?!«

Shins Ansage strotzte nur so vor Kraft und Selbstbewusstsein. Es hatte fast wie ein Befehl geklungen.

Ich wusste nichts zu erwidern. Mein Kopf war immer noch glühend rot und ich ahnte, dass ich in Tränen ausbrechen würde, wenn ich jetzt auch nur ein Wort von mir gab. Ja, ich würde heulen, da war ich mir sicher.

Ich gab Shin einen kräftigen Stoß gegen die Brust und sprang von der Schaukel auf.

»Gehen wir heim!«, würgte ich hervor.

Doch Shin packte mich wieder an der Hand. Ich zuckte vor Schreck etwas zusammen, drehte mich zu ihm um und sah, dass er jetzt selbst den Tränen nahe stand.

»Ich mach schon nichts mehr … Keine Sorge«, sagte er gedämpft.

»Mir ist nur aufgefallen, dass dir dein Armband gleich abfällt.«

»Was?«

Ich folgte Shins Finger mit den Augen. Er zeigte auf mein linkes Handgelenk. Tatsächlich – das geflochtene Armband löste sich an einer Stelle schon fast auf.

»Du hast recht. Aber wie kann das sein?«, meinte ich verblüfft.

Ich berührte das Armband – und kaum hatte ich das getan, trennten sich die orangen und roten Fäden endgültig voneinander und das Armband fiel zu Boden. Mir blieb kaum Zeit, um noch etwas zu denken, denn fast im selben Moment wurde alles um mich herum weiß und ich kniff die Augen zusammen.

Das Zikadengetöse war verstummt. Dafür bekam ich Gänsehaut, als ein kalter Wind mich streifte. Ich öffnete langsam die Augen.

»Na, hattest du einen schönen Traum, Minato?«

»Woah?!« Ich schrie vor Schreck auf. Shins Stimme war direkt an meinem Ohr gewesen.

Verwirrt sah ich mich um. Wo war ich? Zuerst hatte ich keine Ahnung. Die Bäume hatten rote und gelbe Blätter, ich hörte lachende Stimmen und ein Stück weiter spielten die Leute aus der Händlervereinigung Fußball auf der Wiese am Fluss.

Ach ja, ich war wieder auf der Kartoffeleintopf-Party, zu der ich Shin eingeladen hatte.

Mein Geist wurde allmählich wacher und ich merkte, dass ich mit dem Kopf an Shins Schulter lehnte. Wir saßen nebeneinander unter dem Baum auf der Bank, auf der ich eingeschlafen war. Ich wischte mir kurz den Speichel vom Kinn und richtete mich auf.

»Sorry«, murmelte ich zu Shin.

»Ach was. Du hättest ruhig noch länger so bleiben können«, gab Shin kichernd zurück.

Darauf antwortete ich nichts, sondern griff mit der Hand nach dem bunten langärmligen Shirt, das über mich drapiert war.

»Das gehört dir, oder?«, meinte ich.

Shin lächelte mich so sanft an, wie er es immer nur bei mir tat, und nickte stolz.

»Ja. Ich hatte gesehen, dass du eingeschlafen bist, und wollte nicht, dass du dich erkältest.«

»Ach so, danke.«

Ich wusste nicht so recht, wie ich reagieren sollte. Wenn Shin sich so um mich kümmerte, fühlte ich mich wie ein schutzbedürftiges Mädchen. Plötzlich fragte ich mich, ob ich tatsächlich wieder Anfang dreißig und zurück in meinem Erwachsenenleben war – denn der Traum eben hatte sich wahnsinnig real angefühlt.

Ich betastete kurz meinen Bauch, um es zu prüfen. Ah, da war wieder mein Bauchspeck. Meine Haare schienen auch ihre normale Länge zurückzuhaben. Äußerlich war ich also wieder der erwachsene Akira Minato.

»Dein Armband ist auch schon abgefallen, was?«

»Hä?«

Auf Shins Frage hin guckte ich überrascht zu meinem linken Handgelenk herunter. Das Armband, das er mir vorhin erst über die Hand gestreift hatte, war nicht mehr dran, sondern lag zerrissen auf dem Boden. Genau wie im Traum. Ich blinzelte staunend.

»Meins ist auch gerissen. Schade, dass sie nur so kurz gehalten haben«, meinte Shin bedauernd.

»Was? Nicht dein Ernst, oder? Zeig mal«, verlangte ich.

Als ich mir beide Armbänder genau ansah, stellte ich fest, dass die Fäden schon ziemlich alt gewesen sein mussten. Das passte zu der Tatsache, dass es Überbleibsel von einem lang zurückliegenden

Sommerfest waren. Danach hatten sie wohl bis zum heutigen Tag irgendwo herumgelegen und so schon das Ende ihrer Lebensspanne erreicht.

»Krass ... Dass sie so schnell reißen, hätte ich auch nicht gedacht«, murmelte ich.

Immerhin hatte ich es aber wohl dem Armband zu verdanken, dass ich so einen ungewöhnlichen Traum mit Shin gehabt hatte.

»Na ja, dann werfe ich sie mal weg«, beschloss ich und streckte schmunzelnd die Hand zu Shin aus: »Komm, gib mir deins.«

Doch Shin steckte sich das Armband schnell in die Hosentasche – und das mit einem so ernsten Blick, dass ich fast Angst bekam.

»Nein ... Wenn ich schon ein Armband von dir bekommen hab, werfe ich es bestimmt nicht weg.«

»Aber es ist nicht mehr zu gebrauchen«, wandte ich ein. »Na los, gib's mir.«

»Auf gar keinen Fall. Das kommt in meine persönliche Minato-Sammlung«, entgegnete Shin entschieden und ich fragte mich erschrocken, was er wohl schon alles in dieser Sammlung aufbewahrte.

Ich hätte es ihn am liebsten gefragt und setzte schon dazu an, es zu tun, aber dann hielt ich mit geöffnetem Mund inne. Vielleicht war es doch besser, nichts Näheres über diese Sammlung zu erfahren.

»Ach ja, und wegen des einen Themas noch mal«, meinte da Shin und kratzte sich verlegen am Kopf.

»Hm?«, machte ich, nicht wissend, von welchem Thema er sprach.

»Ich glaube«, sagte Shin und stand auf, »ich hätte mich auch dann in dich verliebt, wenn wir beide noch zur Schule gegangen wären. Aber na ja, letztendlich ist das nicht so wichtig. Ich mag dich so, wie du jetzt bist, und will mit dir etwas anfangen.«

Genau in diesem Moment fuhr der Herbstwind durch Shins schwarze Haare und das Licht der Sonne brachte sie so schön zum Glänzen, dass ich beinahe die Augen zukneifen musste.

Er war sicherlich verrückt geworden. Was wollte er mit mir als Erwachsenem bloß anfangen? Ich hatte den starken Impuls zu widersprechen, kniff jedoch mit aller Kraft meine Lippen zusammen, damit es nicht aus mir herausplatzte. Mein verzogenes Gesicht musste sehr komisch aussehen.

»Wieso sagst du so was auf einmal?«, presste ich schließlich so kontrolliert wie möglich hervor.

»Weil ich es dir einfach mal sagen wollte«, entgegnete Shin und strahlte mich an, unschuldig wie ein kleiner Junge.

Ob er mich wirklich als Schüler und als dreißigjährigen Mann gleichermaßen lieben könnte? Vor allem, wenn er merken würde, dass ich überhaupt nicht reifer geworden war ... Ob der reale Shin auch so wütend wie im Traum auf mich werden und mir versichern würde, dass er mich samt meinen Schwächen mag?

Daran hatte ich Zweifel, aber zumindest konnte ich mir jetzt ein bisschen vorstellen, dass Shin auch dann Interesse an mir gehabt hätte, wenn ich ein Highschool-Schüler gewesen wäre. Obwohl das vorhin nur ein Traum gewesen war.

Ich stand auf und setzte mich schnell in Richtung des Fußballfelds in Bewegung. Ich sollte besser nicht schon wieder in Wunschvorstellungen verfallen, das war nicht gut.

»Hey, wohin gehst du?«, rief Shin mir hinterher.

»I... Ich will Fußball spielen! Du machst doch auch mit, oder?!«, gab ich schnell zurück.

»Du willst mitspielen? Bist du dir sicher? Morgen hast du bestimmt Muskelkater!«

Das wollte ich nicht von einem Schüler hören, dessen junger Körper vor Energie nur so strotzte und daher überspielte ich das mit einem zuversichtlichen Grinsen.

»Mach dir keine Sorgen, so alt bin ich ja wohl noch nicht!«, rief ich dem mir nachlaufenden Shin über die Schulter zu. »So, Leute! Hier kommt Akira Minato, der Lionel Messi des Keyaki-Einkaufsviertels! Macht euch auf was gefasst!!«

Als ich mit diesen Worten und einer coolen Siegerpose aufs Feld rannte, prusteten Hayato und die anderen nur so los.

»Pass auf, dass du dir keinen Bänderriss zuziehst! Und ich glaube, Messi verlangt sicher eine Entschuldigung von dir für diesen Vergleich!«

Ja, da hatte ich mich in der Tat etwas weit aus dem Fenster gelehnt.

»Okay, ist ja gut! Shin, und jetzt komm ... Machen wir sie fertig!«

»Ja, Minato!« Shin strahlte mich noch einmal an.

Und dann rannten wir beide dem Ball hinterher, während ich insgeheim hoffte, dass unsere freundschaftliche Beziehung, die wir in dieser Welt hatten, noch eine Weile lang Bestand haben konnte. Irgendwann kam vielleicht der Tag, an dem Shin mir sagen würde, dass er genug von mir hatte. Es wäre nur verständlich, wenn er sich von mir abwenden würde. Aber daran wollte ich heute nicht denken und lieber die schöne Zeit genießen.

Ich keuchte und hechelte, mein Bauch schlabberte bei jeder Bewegung und ich musste mir eingestehen, dass Shin recht gehabt hatte – morgen würde ich ganz schön Muskelkater haben. Übermorgen sogar noch mehr. Aber das machte nichts.

Heute würde ich Shin beweisen, wie viel Kraft trotz allem noch in mir steckte. Etwas weniger als bei den Highschool-Jungs, aber noch deutlich mehr als bei den alten Männern.

Kapitel 3
Shintaro Katsukis Traum

Es gab für mich Dinge, die ich mochte. Dinge, die mir wichtig waren. Und Dinge, die ich nicht verlieren wollte. Ich hatte sie immer wie Edelsteine im Museum behandelt – sie waren meine leuchtenden Schätze, die ich festhielt, um sie ja nicht zu verlieren. Genau. Ich hatte gedacht, wenn ich sie gut festhielt, dann könnte ich sie auch für immer behalten.

Aber dann war es anders gekommen. Ein Mensch, den ich auf Anhieb ins Herz geschlossen hatte, verschwand aus meinem Leben. Und dann verletzte ich mich beim Schwimmen so sehr, dass ich es aufgeben musste, obwohl es meine absolute Leidenschaft gewesen war, für die ich jeden Tag hart trainiert hatte.

Egal wie sehr man etwas mochte oder wie gut man es festhielt, es konnte einem unerwartet aus der Hand gleiten und zerbrechen.

Gegen Ende der Mittelschule hatte ich mich einigermaßen mit meinem Schicksal arrangiert und ein neues Ziel ins Auge gefasst: Ich wollte Arzt werden.

Und im zweiten Jahr der Highschool geschah dann im Sommer ein Wunder: Zufällig – oder war es Schicksal gewesen? – traf ich beim Wäschewaschen in der Wäscherei Minato wieder. Ein Schatz, den ich verloren glaubte, trat wieder in mein Leben.

Es war ein Moment voller Hoffnung gewesen. Vielleicht war mein Leben doch nicht ganz verloren – das war es, was ich gedacht hatte.

Seitdem war ich möglichst oft in die Wäscherei gegangen, um mit Minato zu reden. Die Gespräche mit ihm bereiteten mir jedes Mal viel Freude. Minato war völlig anders als ich, viel lustiger und sein Repertoire an komischen Gesichtsausdrücken faszinierte mich. Bald hatte ich auch erfahren, dass er gar nicht auf Frauen, sondern auf Männer stand – und das hatte mir die Augen dafür geöffnet, wie sich die Sehnsucht benennen ließ, die ich Minato gegenüber vor zehn Jahren entwickelt hatte.

Sofort hatte ich Angst bekommen, ihn noch einmal zu verlieren. Das war etwas, das ich auf keinen Fall wollte. Also hatte ich ihm spontan, ohne Plan oder Strategie, meine Gefühle gestanden. Minato war verständlicherweise überrascht und verwirrt gewesen. Doch nicht nur das – in seinen Augen hatten sich Tränen gebildet, sein Gesicht war rot geworden und er hatte seine Wimpern zitternd niedergeschlagen ... In dem Augenblick war er für mich der schönste Mensch der Welt gewesen.

Ich hatte mich in ihn verliebt, sehnte mich unglaublich nach seiner Nähe und mit jedem Tag wurden meine Gefühle noch größer und intensiver. Minato schien zwar seinem Klassenlehrer aus der Highschool, Herrn Sakuma, nachzuhängen, doch Aufgeben kam für mich nicht infrage.

Als Minato mich dann gestern angerufen und zu dieser Kartoffeleintopf-Party eingeladen hatte, musste ich sofort zusagen. Wie konnte ich eine Einladung von ihm ablehnen?

Aber auch sonst stellte sich die Party als nettes Event heraus und ich hatte nicht nur mit Minato, sondern auch mit den anderen Leuten dort Spaß beim gemeinsamen Kochen und Essen. Wäre nur nicht eine Sache gewesen, die mir echt gegen den Strich gegangen war.

»Aber was wäre, wenn du auch noch zur Highschool gingest? Würdest du dann etwas mit Katsuki anfangen?«, hatte Hanabusa Minato gefragt, als ich gerade auf dem Rückweg von einem anderen Tisch gewesen war und ein bisschen der Unterhaltung gelauscht hatte. Diese Frage hatte mein Herz sofort in helle Aufregung versetzt.

Minato hatte darauf nur eine vage Antwort gegeben. Aber mich hatte sehr interessiert, was er wirklich darüber dachte.

»Sag schon, Minato. Was, wenn wir beide noch Schüler wären? Würdest du mich dann in Betracht ziehen?«, hatte ich ihn also gefragt.

Doch Minato hatte nur geantwortet: »Ich hab keine Lust, über irgendwelche Möglichkeiten zu diskutieren, die letztendlich eh nicht eintreten können! So, und jetzt wechseln wir das Thema!«

Er war schon immer gut darin gewesen, seinen Kopf aus der Schlinge zu ziehen. Wenn ich einmal glaubte, ihn zu haben, entwischte er mir doch wieder. Das regte mich einerseits tierisch auf, andererseits liebte ich ihn genau dafür.

»Boah, ich kann nicht mehr! Mir ist so heiß!«, rief Hanabusa und fächelte sich lachend Luft unter sein T-Shirt. Wir hatten gerade unser Fußballmatch am Fluss beendet.

Obwohl ich es ihm nachtrug, dass er Minato so eine Frage gestellt hatte, musste ich doch zugeben, dass es Spaß gemacht hatte, mich zusammen mit ihm und den anderen so richtig auszutoben.

Als ich wieder zu der Bank am Flussufer hinübersah, von der aus Minato mir gewunken hatte, sah ich ihn mit schlaff nach unten hängenden Schultern sitzen und langsam hin und her schaukeln. Er war eingeschlafen. Sein Kopf baumelte lose vor und zurück und soweit ich es erkennen konnte, hatte er ein seliges Lächeln auf den Lippen.

»Noch eine Runde, Shin?«, fragte mich einer der Jungs.

»Nee, ich hör erst mal auf«, sagte ich.

»Wieso das denn?«

Aber darauf antwortete ich nichts mehr, sondern ging in Minatos Richtung los.

»Lassen wir ihn, der hat doch immer nur einen im Kopf«, witzelte Hanabusa, dem mein Ziel nicht entgangen war.

Natürlich hatte ich immer nur Minato im Kopf. Wie konnte das auch anders sein?

Während ich mich ihm näherte, staunte ich, wie er es problemlos schaffte, im Sitzen auf der Bank zu schlafen und nicht umzukippen. Es sah so süß aus, wie er mit halb offenem Mund im Land der Träume versunken war. Gleichzeitig bekam ich etwas Angst – sein Gesicht wirkte so verlockend unschuldig, dass jemand mit bösen Hintergedanken ihn sich garantiert schnappen und entführen würde.

Ich beobachtete Minato eine Weile dabei, wie er friedlich und gleichmäßig atmete. Dann nahm ich mein langärmliges Shirt ab, das ich mir zum Spielen um die Schultern gebunden hatte, setzte mich neben Minato und deckte ihn mit dem Shirt zu.

»Mmh ...«

Minato drehte sich etwas und lehnte sich an meine Schulter. Anscheinend hatte er gemerkt, dass ich mich zu ihm gesetzt hatte.

Ich musste mich ganz schön zusammenreißen. Minato hatte sich nur leicht angelehnt, und doch reichte das wohlige Gefühl an meiner linken Schulter aus, um meinen allmählich zur Ruhe gekommenen Puls wieder zu beschleunigen.

Der Hauch von etwas Süßem streifte meine Nase, vielleicht war es Minatos Shampoo? Ich lächelte.

Um den Duft etwas besser riechen zu können, beugte ich mich zu ihm vor – wobei das eigentlich nur eine Ausrede war, damit ich ihm noch näher sein konnte. Aber ich schnupperte trotzdem. Ja, seine Haare rochen angenehm süß, doch auch die Frische der Natur konnte ich darin wahrnehmen. Mein Herz schlug noch ein wenig stärker.

Minato trug einen alten schwarzen Trainingsanzug. Es war ein völlig normaler Trainingsanzug mit je drei weißen Streifen an den Außenseiten der Ärmel. Einer, wie man ihn so ziemlich überall kaufen konnte. Aber weil dieser Trainingsanzug Minato gehörte, kam er mir auf eine seltsame Weise besonders vor.

Als ich schließlich das Gefühl bekam, dass ich Minato noch ein Loch in den Kopf starren würde, wenn ich ihn weiter so ansah, ließ ich meinen Blick nach unten gleiten – zu dem rot-orangen Armband an Minatos linker Hand.

Ob er wohl gerade etwas Schönes träumte, wie es das Armband versprochen hatte? Ich schmunzelte und sah nun auch mein Handgelenk an, um welches fast das gleiche Armband hing, nur dass es blau-weiß war.

Ein neuer Schatz hatte sich in meiner Sammlung dazugesellt. Minato schaffte es fast jeden Tag aufs Neue, mein Leben mit etwas zu bereichern.

»Drei Millionen ...«, murmelte da Minato und zog ein wenig die Augenbrauen zusammen.

Drei Millionen? Was das wohl zu bedeuten hatte? Ich fragte mich, wovon er gerade träumte, und musste mich beherrschen, um nicht zu kichern. Dadurch wäre Minatos Kopf vielleicht von meiner Schulter gerutscht und das wollte ich verhindern.

Langsam schloss auch ich meine Augen und genoss den leichten Druck an meiner linken Schulter. Wenn diese Armbänder einem tatsächlich gute Träume bescherten, dann wollte ich jetzt das Gleiche wie Minato träumen ...

Ich fühlte die Wärme seines Körpers, sein Atem kitzelte mich etwas. Das war schön. Ich atmete so ruhig wie möglich, damit Minato nicht aufwachte.

Hoffentlich konnten wir noch eine Weile so bleiben ...

Ein schneidend kalter Wind zog vorbei und ließ mich erschrocken die Augen aufschlagen.

Wie lange hatte ich geschlafen? Das warme Gefühl an meiner Schulter war verschwunden und Minato saß nicht mehr neben mir. Er war weg.

Dafür rieselten feine Schneeflocken aus einem grauen Himmel auf mich herab. Komisch, wieso schneite es? Der Winter dürfte noch keinen Einzug gehalten haben. Und dann fiel mir noch etwas auf: Ich trug meine schwarze Schuluniform, obwohl ich zur Kartoffeleintopf-Party selbstverständlich in Freizeitkleidung gegangen war.

Wie konnte das alles sein? Angst überkam mich und ich sprang auf.

»Minato!«, rief ich. »Minato, wo bist du?«

Ich hatte immer mehr den Eindruck, dass hier etwas nicht stimmte. Ich war zudem auch nicht mehr am Flussufer, sondern an einem anderen Ort, den ich gut kannte: auf dem Schulhof der Keyaki-Highschool. Nachdem ich mich in alle Richtungen umgesehen hatte, schluckte ich verwirrt.

War das jetzt ein Traum? Oder noch die Realität?

Ich war mir sicher, dass ich bis eben auf der Kartoffeleintopf-Party gewesen war. Das bewies auch das blau-weiße Armband, das Minato mir vorhin übers Handgelenk gestreift hatte und das ich nach wie vor trug.

Dennoch schneite es immer stärker. Jedes Mal, wenn ich ausatmete, bildete sich eine kleine weiße Wolke vor meinem Gesicht. Und mir war so kalt, dass ich mich schütteln musste.

Wo war Minato bloß hin? Ging es ihm gut? Hoffentlich fror er jetzt nicht irgendwo einsam und allein oder war in einen Unfall geraten ... Je mehr ich überlegte, was passiert sein könnte, desto schlimmere Szenarien begannen vor meinem inneren Auge zu erscheinen.

»Minato«, rief ich wieder und spürte Panik in mir aufsteigen. »Wo bist du? Minato ...«

»Hey, wieso schreist du so? Hier bin ich, guck doch mal!«

Ich hörte, wie eine Schiebetür mit Schwung aufgestoßen wurde, und drehte mich um. In der Tür stand Minato. Aber irgendwie sah er anders aus als sonst.

»Hast du dich ... verkleidet?«, fragte ich.

»Hä? Wie kommst du darauf?« Minato starrte mich verwundert an.

Ich musterte ihn von Kopf bis Fuß.

Die größte Auffälligkeit, die ich sofort registrierte, war, dass er wie ich eine Schuluniform trug. Doch auch seine Haare, die ihm sonst meistens ein Stück in die Augen hingen, waren kürzer. Sie waren wie bei einem typischen Schülerhaarschnitt alle auf eine Länge geschnitten und sogar kurz genug, um in verschiedene Richtungen abzustehen. Seine Mundwinkel zeigten wie gewohnt etwas nach oben, auch wenn er nicht lächelte. Das war immer so süß an ihm. Dafür gab es noch einen Unterschied zu sonst: Ich musste etwas zu Minato aufsehen, obwohl er normalerweise fünfzehn Zentimeter kleiner war als ich. Zum Glück stellte sich auf den zweiten Blick heraus, dass er nicht gewachsen war, sondern nur ein paar Treppenstufen höher vor einer offenen Tür stand.

»Sag mal, was ist mit dir los?«, fragte Minato und musterte mich ebenfalls prüfend aus seinen lebhaft funkelnden braunen Augen heraus.

Ich war unterdessen zu der Überzeugung gekommen, dass ich mir die Veränderung nicht einbildete. Auch Minatos Kinn war straffer als sonst, seine Haut wirkte reiner – ja, als sei er tatsächlich zehn Jahre jünger und wieder Highschool-Schüler geworden. Der unerwartete Anblick von Minato in Schuluniform ließ mein Herz höherschlagen. Ich zwang mich aber, wieder zur Ruhe zu kommen, denn zuerst musste ich begreifen, was hier los war.

»Ähm ... Darf ich fragen, wie du heißt?«, fragte ich vorsichtshalber.

Ich konnte nämlich nicht ganz ausschließen, dass dieser Junge nur wie Minato aussah und in Wirklichkeit jemand völlig anderes war. Doch er zog nur wieder die Augenbrauen zusammen, als könne er den Sinn meiner Frage nicht verstehen.

»Hast du ernsthaft vergessen, wie ich heiße? Akira heiße ich, Akira Minato! Kannst du dich nicht mehr erinnern?«

Es war tatsächlich sein Name.

»Und wie alt bist du?«

»Na, achtzehn! Ein Jahr älter als du!«

»Dann bist du also gar nicht mehr um die dreißig ...« Ich war baff.

Wo war nur der Minato hin, der sich darüber beklagt hatte, dass seine Haut erschlafft war? Ich konnte mein Staunen kaum verbergen und fuhr mir nervös durch die Haare, um es zu überspielen.

»Um die dreißig? Hä? Ach so, okay ... Verstehe. Du hast in letzter Zeit wohl so viel gelernt, dass du schon alles Mögliche durcheinanderbringst, was? Du kannst einem echt leidtun mit deinem Berufswunsch.« Minato klopfte mir kumpelhaft auf die Schulter.

Ich tat kurz so, als habe er recht, und fragte betont verwirrt nach dem heutigen Datum. Minato nannte mir, ohne mit der Wimper zu zucken, einen Tag vor etwas mehr als zehn Jahren.

Ich redete hier anscheinend wirklich mit einem zehn Jahre jüngeren Minato, während ich selbst nicht jünger geworden war.

»Na ja, aber jetzt komm erst mal rein«, sagte Minato. »Was hast du überhaupt ohne Mantel hier draußen im Schnee gemacht? Bist du bescheuert?«

Er kam in seinen Hauspantoffeln, die wir normalerweise nur im Schulgebäude trugen, zu mir in den Hof gelaufen.

»Los, komm! Es schneit immer heftiger! Hier, nimm erst mal meinen Schal!«

Er wischte mir mit den Händen den Schnee vom Kopf und ich fühlte, wie ein paar geschmolzene Flocken als kaltes Wasser in mein Gesicht rannen. Dass ich Sinneseindrücke wie Kälte deutlich wahrnehmen konnte, stellte mich abermals vor die Frage, ob das nur ein Traum oder doch Realität war.

Minato wickelte mir seinen karierten Schal, den er mit nach draußen gebracht hatte, fest um den Hals. Dann packte er mich am Handgelenk und zog mich in Richtung Schulgebäude.

»M... Minato, ich ...«

Eigentlich wollte ich ihm sagen, dass ich meine Straßenschuhe trug und so nicht hineingehen konnte. Aber als ich zu meinen Füßen hinabsah, trug ich zu meiner Überraschung auch Hauspantoffeln. War das von Anfang an so gewesen? Alles, was ich hier sah und erlebte, überstieg eindeutig die Grenzen meines Verstands.

»Hm? Was hast du da an der Hand? Seit wann trägst du so ein Armband?« Minato schaute mich fragend an, als ihm das geflochtene Band an meinem linken Handgelenk auffiel.

»Hä? Das hast du mir doch geschenkt«, erwiderte ich.

»Was? Bist du sicher? Das kann eigentlich nicht sein ... Sag mal, was ist heute nur mit dir los?«

Ich wusste nicht, was ich darauf antworten sollte. Wenn Minato jetzt zehn Jahre jünger als sonst war, hatte er mir das Armband wohl nicht geschenkt und deshalb keine Ahnung davon. Doch zum Glück schien er dieses Thema nicht hartnäckig verfolgen zu wollen.

»Na, wie auch immer«, murmelte er nur, als ich stumm blieb, drehte sich um und zog mich weiter.

Er führte mich in ein leeres Klassenzimmer der Zwölftklässler, wo ich neben der Heizung Platz nehmen musste. Allmählich begann mein verfrorener Körper, sich aufzuwärmen.

»Was hast du bloß draußen gemacht?«, schimpfte Minato wieder und lehnte sich an einen Tisch in meiner Nähe. »Hatte ich dir nicht gesagt, dass wir uns nach dem Unterricht in meiner Klasse treffen? Aber dann bist du nicht gekommen, und ich hab mich auf die Suche nach dir gemacht. Bin zuerst in deine Klasse gegangen – deine Tasche war noch da, aber du warst weg. Also hab ich geguckt, ob deine Schuhe noch im Fach in der Eingangshalle stehen. Das taten sie, also musstest du noch im Schulgebäude sein. Ich hab dann überall nach dir gesucht, bis ich dich draußen im Hof stehen sehen hab, im Schnee, und aus irgendeinem Grund hast du dort laut nach mir gerufen ...«

Ja, das hatte ich. Aber jetzt konnte ich nur stumm mein Gesicht in Minatos Schal vergraben. Ich sog schnuppernd die Luft ein und nahm auch diesmal einen süßen Shampooduft sowie den Geruch von Natur wahr. Das ließ keinen Raum für Zweifel mehr. Der Zwölft-klässler vor mir war definitiv Minato.

Es beruhigte mich, an seinem Schal zu riechen, obwohl ich nach wie vor nicht kapierte, warum ich mich in so einer Situation befand. Doch es brachte vorerst wohl nichts, mir darüber den Kopf zu zerbrechen. Ich schloss die Augen und atmete tief durch.

Nachdem ich ein bisschen zur Ruhe gekommen war, ließ ich meinen Blick noch einmal über Minato gleiten.

»Die Schuluniform steht dir gut«, sagte ich leise.

In Wahrheit musste ich mich sogar beherrschen, um ihn nicht wie verrückt anzustarren. Denn Minato sah genauso aus, wie ich ihn vor zehn Jahren kennengelernt hatte. Dass ich ihm noch einmal so begegnen würde, hätte ich nicht für möglich gehalten.

»Hast du mir zugehört, Shin?«, fragte Minato da.

»Nein, tut mir leid ... Was hast du gesagt? Ich muss mich wohl erst an all das hier gewöhnen ...«

»Dich gewöhnen? Was ist denn gerade so anders als sonst?« Minato verstand natürlich wieder nicht, wovon ich sprach.

»Für dich vielleicht nichts, aber für mich so einiges«, meinte ich vage.

Minato runzelte die Stirn und legte verwirrt den Kopf zur Seite. Wenn er nur wüsste, dass für mich seitdem zehn Jahre vergangen waren ... Plötzlich fiel mir wieder ein, worüber wir vorhin auf der Party gesprochen hatten und worauf Minato mir keine zufrieden-stellende Antwort gegeben hatte.

»*Was, wenn wir beide noch Schüler wären? Würdest du mich dann in Betracht ziehen?*«

War das der Grund dafür, dass Minato mir auf diese Weise im Traum erschien?

»Sag mal, wir sind doch beide Highschool-Schüler, nicht wahr?«, vergewisserte ich mich rasch.

»Hä? Na klar. Was stellst du heute nur für seltsame Fragen?«, erwiderte Minato und es klang fast ein wenig besorgt. Ich musste lachen.

Ja, wir waren anscheinend wirklich Schüler, alle beide. Und das hieß, dass alle Barrieren zwischen uns aufgehoben waren: das Alter, unser gesellschaftlicher Status und was andere Leute über uns sagen würden.

»Minato ...«

»Ja? Was?« Er sah mich wartend an.

Plötzlich fiel mir ein, was er mir einmal über sich erzählt hatte: Dass er in der Highschool nur an das Eine hatte denken können. Mir kam ein unguter Gedanke, den ich lieber so schnell wie möglich verdrängte.

»Bist du eigentlich mit jemandem zusammen?«, fragte ich stattdessen.

»Was? N... Nein, bin ich nicht ... Aber wieso willst du das wissen?«

Ich schluckte, ohne sofort zu antworten. In mir keimte die Hoffnung auf, dass Minato mich vielleicht nicht ablehnen würde, wenn ich ihm in dieser Konstellation meine Gefühle offenbarte. Sollte ich es einmal wagen? Der Wunsch wurde jedenfalls immer größer, je mehr ich daran dachte. Irgendwie bekam ich aber auch Kopfschmerzen. Es war ein dumpfes Pochen, das zuerst leise anfing, bald jedoch immer stärker wurde ...

»Ach, ich frage nur, weil …«, fing ich an und versuchte, Minatos Hand zu nehmen.

Leider gelang es mir nicht, denn im selben Moment überkam mich ein solcher Schmerz, als würde jede Zelle meines Körpers explodieren. Ich kniff die Augen zu, verzog mein Gesicht und presste mir die Hände an den Kopf. Der Schmerz war höllisch.

»A… Autsch … Tut das weh …«

»Shin? Hey, alles okay mit dir? Was hast du? Shin …?!«

Es konnte sein, dass ich Minato noch gesagt hatte, es sei alles okay. Doch war meine Stimme laut genug gewesen, dass er mich hören konnte, während er mich voller Angst anstarrte?

Auf jeden Fall merkte ich noch, wie ich in Schweiß ausbrach. Und bei jeder neuen Schmerzwelle, die durch meinen Körper schoss, bekam ich das Gefühl, als würde mir etwas aus den Händen gleiten …

Wieso war ich gleich noch mal hier? Und wen hatte ich vorhin gesucht?

»Shin …!«

Ein Mann stand vor einer Wäscherei und lachte mich fröhlich an. Ich glaubte, ihn zu kennen. Es war … Es war … Wer war dieser Mann nur?

Ich konnte mich nicht mehr erinnern.

»Uh …«

In einem Anflug von Verzweiflung streckte ich meine Hand nach dem Jungen vor mir aus, der fast genauso aussah wie der Mann, welcher eben vor meinem inneren Auge erschienen war. Ich hatte das Gefühl, dass ich ihn nicht verlieren wollte. Aber irgendetwas riss mich wie ein reißender Strom mit sich …

Der Junge packte mich an der Hand und schrie mich mit bleichem Gesicht an. Ich wollte nicht, dass er meinetwegen Angst hatte. Aus irgendeinem Grund konnte ich es nicht ertragen, wenn es ihm nicht gut ging.

»Warte, Shin! Halt durch! I... Ich hol jemanden, okay?!«

Ich sah, wie er aufsprang, bevor ich endgültig das Bewusstsein verlor.

Als ich meine Augen aufschlug, sah ich eine weiße Zimmerdecke – und Akiras Gesicht, das besorgt über mich gebeugt war. Ich roch Desinfektionsmittel. Das hieß, ich musste ins Krankenzimmer der Schule gebracht worden sein.

»Was starrst du mich so an?«, fragte ich kichernd und richtete mich langsam im Bett auf.

»Endlich bist du aufgewacht ...«, murmelte Akira.

Es stellte sich heraus, dass er mich hierhergetragen hatte, nachdem ich plötzlich von Schmerzen überwältigt bewusstlos geworden war. Der Schularzt hatte mich untersucht, jedoch nichts Auffälliges gefunden. Also hatte Akira beschlossen zu warten, bis ich aufwache, und sich zu mir ans Bett gesetzt.

»Tut mir leid, dass ich dich so erschreckt hab«, meinte ich.

»Das hast du allerdings!«, machte Akira seinen Gefühlen Luft. »Ich dachte, mit dir ist irgendetwas ganz Schlimmes passiert!«

Ich stieg aus dem Bett und zog meine Hausschuhe an. Vermutlich war ich umgekippt, weil ich vorhin so blöd gewesen war, mitten im Winter unter freiem Himmel einzuschlafen. Das erklärte sicher auch, warum ich dabei einen richtig verrückten Traum gehabt hatte. Akira war darin schon um die dreißig gewesen und hatte einen Waschsalon in der Stadt betrieben. Außerdem war im Traum ich derjenige gewesen, der ihn auf Schritt und Tritt verfolgt hatte. Völlig anders als im echten Leben.

»Keine Sorge, mir geht's wieder gut«, sagte ich. »Wahrscheinlich hatte ich nur einen Schwächeanfall, sonst nichts.«

Das wollte Akira mir leider nicht glauben, auch nicht, nachdem ich es noch ein paar Mal beteuerte. Ich hatte jedoch wirklich keine Schmerzen mehr und auch die unerklärliche Verlustangst, die ich gespürt hatte, war verschwunden.

Dafür bemerkte ich ein blau-weißes Flechtarmband an meinem linken Handgelenk, das ich vorher nicht getragen hatte. Oder doch? Ich konnte mich nicht erinnern, wann ich es angelegt haben sollte. Nur hatte ich komischerweise das Gefühl, dass ich es nicht abnehmen durfte.

»Wollen wir doch mal sehen, ob es dir wirklich wieder gut geht«, verkündete Akira nun entschieden. »Hör zu, Shin ... Ich stell dir jetzt ein paar Fragen und du antwortest mir darauf, okay?«

Ich willigte ein, in der Hoffnung, dass er sich dann endlich zufriedengab.

»In welche Klasse gehst du?«, fing Akira an.

»Na, in die elfte«, gab ich zurück.

»Und in welche geh ich?«

»In die zwölfte.«

»Okay, was weißt du sonst noch über mich?«

»Dass du mich jeden Tag in der Schule verfolgst und forderst, dass ich zu euch in den Schwimmklub komme. Was ich aber nicht tun werde.«

»Du weißt ja echt wieder, wer ich bin«, meinte Akira und seufzte erleichtert. »Oh Mann, das hat vorhin total anders geklungen ... Du hast mir so einen Schrecken eingejagt.«

Ich fragte mich kurz, wie ich je vergessen sollte, wer Akira Minato war, der mich seit meinem ersten Jahr in der Highschool ständig in den Schwimmklub zu holen versuchte. Und das sogar fast mit Gewalt. Mein erster Eindruck von ihm war dementsprechend ein sehr schlechter gewesen.

Nur wenige Personen in meinem Umfeld wussten, dass ich aufgrund einer Hüftverletzung mit dem Schwimmen aufgehört hatte. Ich hatte nämlich keine Lust, es jedem auf die Nase zu binden. Als Akira daher zum ersten Mal auf mich zugekommen war, hatte ich ihn kalt abblitzen lassen, in der Annahme, dass es sich damit erledigt hatte.

Aber weit gefehlt – am nächsten Tag stand er wieder vor mir, genauso wie am übernächsten und so weiter. Immer wieder fragte er mich übers ganze Gesicht strahlend, ob ich nicht doch in den Schwimmklub kommen wolle. Ich fand das lästig und zeigte ihm das auch offen. Doch egal wie grob ich ihn abwies, am nächsten Tag kam er wieder zu mir und lächelte mich herzlich an, als sei nichts gewesen.

Er wollte mich unbedingt einmal schwimmen sehen, erklärte er mir mit einem Blick, dass ich fast nachgab. Dabei wusste ich genau, dass ich das nicht durfte. Aber wenn er mich so aus seinen leuchtenden, braunen Augen ansah, beschleunigte sich mein Puls. Das regte mich auf, vor allem weil ich nicht wusste, was das zu bedeuten hatte.

Mit der Zeit hatten Akira und ich angefangen, uns auch mal über andere Themen als das Schwimmen zu unterhalten. Manchmal setzten wir uns zum Mittagessen zusammen oder einer von uns rief den anderen abends an, wenn ihm langweilig war. So lernte ich Akira allmählich besser kennen und stellte fest, dass er eigentlich ein netter Typ war. Im Gegensatz zu mir, der oft nur kalt und abweisend sein konnte.

Immer, wenn wir uns verabschiedeten, sagte Akira zum Schluss noch einmal: »Komm doch in den Schwimmklub!« Mal sagte er es locker, mal nachdrücklich, je nach Stimmung. Doch ich schüttelte jedes Mal nur stumm den Kopf und grinste verlegen.

Als ich mich jetzt daran erinnerte, fühlte ich plötzlich wieder meine Hüftverletzung, wegen der ich nicht mehr schwimmen konnte. Ein Athlet konnte ich nicht mehr werden.

Ich wusste, dass ich es Akira endlich sagen sollte, doch ich hatte Angst. Weil dann nämlich unsere lockere Freundschaftsbeziehung enden würde, die nur darauf basierte, dass er mich für den Schwimmklub anzuwerben versuchte. Und das wollte ich nicht.

Am nächsten Tag sollte ich wieder nach dem Unterricht in Akiras Klasse kommen. Denn weil ich bewusstlos geworden war und er mich ins Krankenzimmer bringen musste, hatte er etwas Wichtiges nicht mit mir besprechen können, meinte er.

Als ich reinkam, war nur noch er im Raum. Ich stellte mich zu ihm ans Fenster und wir schauten in den Schulhof hinaus, der schon von den goldenen Strahlen der untergehenden Sonne erleuchtet war. Viele Sport-AGs hatten um diese Zeit noch Training und man hörte von überall Stimmen erklingen.

»Geht's dir heute besser? Wenn nicht, leg dich gern noch mal im Krankenzimmer hin«, ergriff Akira nach einer Weile das Wort.

»Quatsch, ich bin wieder fit«, wehrte ich ab. »Danke, dass du dir Sorgen machst, aber es ist doch schon ein Tag vergangen. Wehe, du fängst noch mal davon an, oder bist du meine Mutter?«

»N... Natürlich bin ich das nicht!« Akira verzog das Gesicht und seufzte, bevor er verkündete: »Na gut, kommen wir zum Thema ... Also, Shintaro Katsuki! Du trittst heute in den Schwimmklub ein!«

Mit diesen energischen Worten hielt er mir ein Blatt Papier hin. Es stellte sich als das Antragsformular zum Beitritt in den Schwimmklub heraus. Bisher hatte Akira mich immer nur verbal zu überreden versucht. Wieso hatte er heute plötzlich das Formular dabei? Ich schaute überrascht zu ihm auf.

Akira kratzte sich mit einem Finger an der Wange und grinste.

»Na ja ... Ich bin jetzt halt in der Zwölften und das heißt, bald mach ich meinen Schulabschluss und kann nicht mehr hier schwimmen. Also, komm, Shin, das ist unsere letzte Gelegenheit, mal zusammen zu schwimmen!«

Es schien ihm in der Tat wichtig zu sein, wenn er es noch einmal so ernsthaft probierte, anstatt sich aufs Lernen zu konzentrieren.

»Ach so«, meinte ich daraufhin. »Okay ... Weißt du was? Ich hab auch einen Entschluss gefasst.«

Akira sah mich fragend an.

Also setzte ich meinen Vorsatz von letzter Nacht in die Tat um und sagte: »Ich kann leider nicht mehr schwimmen, weil ich mich an der Hüfte verletzt habe. Tut mir leid, dass ich dir das die ganze Zeit verheimlicht hab.«

Ich neigte meinen Kopf zu einer Verbeugung nach vorn. Als keine Reaktion kam, blickte ich vorsichtig auf.

»Hä?«, machte Akira schließlich. Er starrte mich an, offenbar nicht in der Lage, das Gehörte sofort zu verarbeiten. Er blinzelte nicht einmal.

Ich fuhr also fort und erklärte ihm, wie es in der Mittelschule zu dem Unfall gekommen war. Auch erzählte ich, dass ich deswegen nun Arzt werden wollte. Akira hörte mir aufmerksam zu, während sich Tränen in seinen Augen bildeten.

»W... Wieso ...?«, stammelte er dann. »Wieso ... hast du mir das nicht gleich gesagt?!«

»Na ja ... weil du sonst ...«

»Ich hätte dich nicht wie ein Idiot so viel bedrängt! Oh Mann, ich könnte mich in Grund und Boden schämen ...!«

Akira begann zu weinen. Dicke Tränen kullerten über sein Gesicht, fielen glitzernd wie Perlen von seinem Kinn und landeten auf dem Boden. Dort blieben sie als graue Flecken zurück. Als ich das sah, zog sich mein Herz zusammen. Ich hätte nicht gedacht, dass er weinen würde. Eher hätte er wütend werden oder es mit einem Lachen abtun können – ja, davon war ich ausgegangen. Aber nicht, dass ich seine Tränen sehen würde.

»Akira ... Hey, jetzt weine doch nicht! Ich ... Es tut mir leid, dass ich es dir die ganze Zeit nicht gesagt hab ...«

»Nein, dir muss es nicht leidtun. Spinnst du, wieso auch? Mir tut's leid ... Mir tut's echt furchtbar leid, Shin!«

Doch als Akira sich mit Tränen und Rotz im Gesicht bei mir entschuldigte, wurde ich plötzlich wütend.

»Mann, jetzt hör mal auf damit! Was tut dir so leid?! Es ist nicht deine Schuld, okay?«, rief ich.

Darüber, dass ich nicht mehr schwimmen konnte, war ich hinweggekommen. Ich hatte sogar ein neues Ziel ins Auge gefasst. Aber wenn Akira noch länger so weinte, musste ich sicher auch gleich weinen ...

»A... Aber es lag an mir, dass du es mir nicht sagen konntest, oder?«, schniefte er. »Ich hab dich jeden Tag so bedrängt, dass du ... Dabei weiß ich selbst ein bisschen, wie das ist ... Ich hab mir vor unserem letzten Wettkampf einen Bänderriss am Knie zugezogen und konnte nicht antreten ... Aber von deiner Verletzung hatte ich keine Ahnung! Und ich hab dich mit meinem blöden Verhalten täglich neu dran erinnert, was? Das tut mir so leid. Hätte ich es bloß irgendwie gemerkt ... Ach Mann, ich war so ein Idiot!«

Akiras Tränen waren mir zu viel. Eine Mischung aus Befangenheit und Ohnmacht stieg in meiner Brust auf. Gleichzeitig bekam ich das unerklärliche Verlangen, ihn auf der Stelle zu umarmen und kräftig an mich zu drücken.

Ein undeutbarer Laut drang aus meinem Mund – und im selben Moment traf mich eine Erkenntnis mit voller Wucht. Konnte es sein ...? Konnte es etwa sein, dass ich ...?

Oh, ich war ja so blind gewesen. Erst der Anblick des weinenden Akira hatte mich meine Gefühle erkennen lassen ... Das war also der Grund dafür, dass ich mich trotz seiner Nähe immer ein bisschen einsam fühlte und mich nach etwas sehnte. Und auch der Grund dafür, dass ich jetzt bereit war, alles zu tun, um seine Tränen zu stoppen ...

Kein Mädchen der Welt wäre für mich wohl so bezaubernd wie Akira. Er hatte mich komplett in seinen Bann gezogen, und das, obwohl ich ihn zuerst als so aufdringlich empfunden hatte.

Ich hatte ihm die Wahrheit über meine Verletzung lange verschwiegen. Aber letztendlich nicht, weil ich ihn nicht davon wissen lassen wollte, sondern aus Angst davor, dass er dann in den Pausen zwischen dem Unterricht nicht mehr zu mir kommen würde.

Ich war somit der Feigling von uns beiden. Ich hatte mich blöd verhalten und es nicht gesagt, damit Akira mich nicht fallen ließ. Eigentlich wollte ich es ihm sagen, aber ich war dazu einfach nicht in der Lage gewesen. Denn, ja, es wäre schon fast eine Art Liebeserklärung, wenn ich ihm wirklich alles erzählen würde ...

»Hier«, sagte ich und drückte Akira eine Packung Taschentücher in die Hand, die zufällig in meiner Hosentasche gewesen war. Ich wollte ihn nicht weinen sehen. Vor allem nicht, wenn es meinetwegen war.

Akira holte raschelnd ein Taschentuch aus der Verpackung und schimpfte unter Tränen: »Dass du sogar jetzt noch so ein netter Kerl bist, also echt, du ...!«

Ich wünschte mir, er würde entweder weinen oder böse auf mich sein, aber nicht beides gleichzeitig. Das war schon wieder zu viel für mein Herz. Meine Gefühle für Akira überfluteten mich, während er sich laut die Nase putzte. Er war so süß, dass ich keine Ahnung hatte, was ich tun sollte.

Ich hatte mich in ihn verliebt.

Aber wie sollte ich ihm das sagen? Er würde mich abstoßend finden, so viel war klar. Also wartete ich nur, bis er sich beruhigte, unfähig währenddessen etwas zu tun oder zu sagen.

»Shin! Heute unternehmen wir etwas zusammen!«

Ich zog gerade in der Eingangshalle meine Straßenschuhe an, um mich auf den Heimweg zu machen, als Akira mit diesen Worten auf mich zulief.

Es war schon ein paar Tage her, seit ich ihm von meiner Verletzung erzählt hatte. Akira war danach trotzdem immer wie gewohnt auf mich zugekommen. Vielleicht aus Schuldgefühlen, oder vielleicht, weil er auch etwas für mich empfand? Nein, das war garantiert nicht der Fall. In seinen Augen war ich einfach nur ein Schulkamerad, den er bis vor Kurzem für den Schwimmklub anwerben wollte. Mehr nicht.

»Ich geb dir heute etwas aus, also komm!«, rief Akira und schlang seinen Arm um mich.

»Von mir aus«, meinte ich, »aber hör auf, dich so an mich zu kuscheln, das ist ja eklig.«

Ich zog bewusst ein Gesicht, als ob es mir nicht gefiel, und drückte seinen Arm weg.

»Echt? Was ist denn so schlimm daran?« Akira lachte fröhlich und lief mir nach, als ich losging. Er hatte nicht die leiseste Ahnung von meinen Gefühlen.

Wenn er wüsste, was eine bloße Berührung seines Arms oder überhaupt die Nähe seines Körpers, sein Duft und so weiter in mir auslösten ... Mir kamen Impulse, die ich kaum unterdrücken konnte.

Unter den Bäumen am Straßenrand lag noch Schnee. Gestern hatte es wieder geschneit. Akira rieb sich beim Gehen die Hände aneinander und murmelte: »Kalt ... Ist das kalt ...«

Ich wusste nicht, ob ich das tat, um die Stimmung aufzulockern, oder ob er es ernst meinte – auf jeden Fall bekam ich dadurch das Verlangen, seine Hände zu nehmen und sie zu wärmen. Ich war letztendlich doch ein hoffnungsloser Idiot, wenn es um Akira ging.

An sich hatte ich kein Problem damit, dass ich Gefühle für einen Jungen entwickelt hatte. Ich hätte mich wahrscheinlich auch unter anderen Umständen in Akira Minato verliebt. Das ahnte ich, denn für mich strahlte er etwas aus, das mich unweigerlich zu ihm hinzog.

Bald würde er jedoch seinen Schulabschluss machen und ich fragte mich, ob ich ihm vorher sagen sollte, was ich für ihn empfand. Es konnte sein, dass er dann Angst vor mir bekam und nie wieder so fröhlich wie bisher auf mich zukommen würde. Das wollte ich verhindern. Und darum konnte ich vorerst nichts tun, außer ihn heimlich wie ein schüchternes Mädchen anzuhimmeln ...

»Worauf hast du Hunger?«, fragte Akira da.

In der Tat konnte ich gut etwas vertragen. Also nannte ich ihm die Kroketten, die es immer beim Fleischhändler Saeki gab. Wir kauften uns zwei frisch gebratene mit Kartoffelfüllung und zwei mit Rindfleisch und machten uns damit auf zur Wäscherei von Akiras Opa.

»Die Wäscherei hat keine Heizung, aber immer noch besser als draußen zu essen, nicht wahr?«, meinte Akira, der vor Kälte schon eine ganz rote Nasenspitze hatte.

Drinnen angekommen setzten wir uns auf zwei runde Hocker. Es liefen zwei Waschmaschinen und ein Trockner, doch die Kunden schienen ihre Wartezeit für andere Erledigungen zu nutzen, denn es war keiner außer uns da. Nur die Waschtrommeln rotierten laut, außerdem roch die Luft feucht, wie es typisch für eine Wäscherei war.

»Boah, hab ich Hunger! Ich kann nicht mehr! Lass uns essen, Shin! Hier, das sind deine. Und jetzt guten Appetit!«

Als Akira das rief, beeilte ich mich auch, in die erste meiner zwei Kroketten zu beißen. Das Fleisch unter der knusprigen Panade war traumhaft saftig. Wir kauten genüsslich vor dem Hintergrund der ratternden Waschmaschinen, dann wechselten wir einen Blick miteinander – und lachten zufrieden.

»Voll lecker, oder?«, sagte ich.

»Ja, vor allem, wenn sie frisch gebraten sind!«, stimmte Akira zu und wischte sich ein paar Krümel vom Mund.

Ich musste noch einmal lachen und nickte. Es freute mich, dass Akira mir etwas zu essen gekauft hatte. Doch am meisten genoss ich es, Zeit mit ihm zu verbringen. Das war für mich zu etwas unbeschreiblich Schönem geworden.

Da wir zwei Teenager mit viel Kalorienbedarf waren, hatten wir die leckeren Kroketten im Nu verputzt.

»Wir könnten direkt noch ein paar vertragen, was?«, meinte ich und leckte mir über die Lippen.

Akira guckte mich kurz an – dann grinste er und trat mir scherzhaft gegens Schienbein.

»Was sollte dieser Blick denn eben?«, sagte er kichernd.

Ich erschrak ein bisschen – war in meinem Gesicht noch etwas anderes als nur Appetit auf mehr Kroketten zu sehen gewesen?

»Hab ich so komisch geguckt?«, fragte ich beschämt und legte mir eine Hand über Mund und Wangen, während ich vorsorglich nach einer Ausrede suchte.

»Nein, keine Sorge ... Ha ha, hast du das gerade ernst genommen? Musst du gar nicht. Na ja, aber ... du bist mir schon damals, bei eurer Eintrittsfeier in die Highschool, irgendwie aufgefallen. Du hast so aus der Menge herausgestochen. Ich weiß auch nicht wieso, aber ...« Akira blickte kurz nach unten und schien zu überlegen. Dann schaute er wieder zu mir auf und wirkte auf einmal richtig verlegen. »Irgendwie«, fuhr er fort, »guckst du mich manchmal so an, vor allem in letzter Zeit, dass mir ganz anders davon wird.«

Ich schwieg überrascht. Unsere Gesichter waren auf Augenhöhe, weil wir auf den Hockern saßen, aber wenn Akira sonst von unten her zu mir aufschaute, hatte er meistens auch einen Blick drauf, dem ich kaum widerstehen konnte. Es war zwar kein begehrender Blick, aber so ein verdammt unschuldiger ... Ich wünschte mir dann sehr, dass Akira immer nur mich anschauen würde. Das Gefühl, ihn für mich ganz allein haben zu wollen, überwältigte mich fast in diesen Momenten ...

»Na ja, aber jemand mit einem Gesicht wie deinem kann halt nur so heiß gucken, was?!« Akira lachte, wie um seine Verlegenheit zu überspielen. »Sorry, von einem Kerl wolltest du das jetzt sicher nicht hören ... Ha ha!«

Da streckte ich plötzlich meine Hand nach seiner Wange aus. Als meine Haut seine berührte, zuckte Akira so stark zusammen, als hätte ihn ein Blitz getroffen.

Eine Weile sagten wir beide nichts, während der Trockner neben uns laut Wäsche schleuderte.

Ich merkte, wie ich einen roten Kopf bekam. Akiras Wange unter meiner Hand fühlte sich so weich an, dass ich fast zu schmelzen begann. Und noch ein Impuls, den ich lange Zeit unterdrückt hatte, drängte nun mit Gewalt in meine Kehle hoch ...

»Sh... Shin?«

Akira schaute mich verwirrt an. Ich schluckte, ohne sofort etwas zu sagen. Wenn ich den nächsten Schritt tat, gab es kein Zurück mehr. Sollte ich ihn tun? Oder lieber doch nicht? Diese Frage stellte ich mir ein paar Mal, ohne dass ich eine Antwort darauf fand.

Wer hätte gedacht, dass ich so ein Feigling war?

»Tut mir leid ... Du hast da nur eine Wimper«, sagte ich schließlich.

Ich hatte mich fürs Zurückrudern entschieden. Meine Angst, dass Akira mich ablehnen würde, war einfach zu groß. Ich versuchte, ihn anzugrinsen, wusste jedoch nicht, ob mir das gelang.

»Eine Wimper? Echt?« Akira machte ein erleichtertes Gesicht, was mir einen kleinen Stich ins Herz versetzte. Doch ich war auch froh – so konnten wir zumindest Freunde bleiben.

»Hey, wusstest du, dass man sich etwas wünschen darf, wenn man eine Wimper verloren hat?«, sagte Akira. »Wenn jemand einem die Wimper vom Gesicht nimmt, während man an den Wunsch denkt, soll er in Erfüllung gehen ...«

»Ach ja?« Ich tat so, als hörte ich zum ersten Mal davon.

»Okay, dann wünsche ich mir jetzt was«, beschloss Akira und meinte es anscheinend ernst. »Nimm mir gleich die Wimper weg, ja?«

Er schloss die Augen und hielt mir erwartungsvoll sein Gesicht hin. Er war sich garantiert nicht bewusst, wie er mich dadurch in Versuchung brachte. Es fühlte sich wie Folter an. Die Lippen, die ich die ganze Zeit so begehrte, waren unmittelbar vor meinen Augen und Akira hielt sie mir einfach entgegen. Sollte ich dem Drang folgen und ihn küssen, nachdem ich mich eben nicht getraut hatte, ihm meine Gefühle zu offenbaren?

Von allein würde er sicher nie daraufkommen. Und ich war mir nicht mehr sicher, ob ich damit leben konnte – selbst wenn das ein Risiko für unsere Freundschaft bedeuten würde. Etwas in mir raunte mir zu, dass ich ihm meine Liebe doch gestehen sollte ...

»Worauf wartest du? Jetzt mach schon«, drängte Akira mich.

Ich musste fast lachen, so sehr tobte in mir gerade ein Kampf, von dem Akira nichts ahnte. Gefühle von solcher Intensität hatte ich noch nie erlebt.

Ich hatte mich echt wahnsinnig in ihn verliebt.

Ich neigte mein Gesicht ein wenig zur Seite und beugte mich vor, so weit, dass nur noch ein paar Zentimeter meine Lippen von Akiras trennten.

Da erklang ein Schrei.

»Aaaakiiiiiraaaa!!«

Ich wirbelte herum und sah einen kleinen Jungen in der Tür stehen. Sofort rutschte ich von Akira weg.

»Was?! W... Wer ruft mich da?« Akira riss erschrocken die Augen auf. Als er den Jungen sah, der mir wohl knapp bis zum Bauch reichte, stieß er erleichtert aus: »Asuka ...! Na, du kommst sicher eure Wäsche abholen? Braver Junge, dass du deiner Familie immer so schön hilfst ...«

»Ja, ich hab sie vorhin in den Trockner geschmissen! Aah ... Och nö, der ist ja noch gar nicht fertig!«

Der Junge, der auf den Namen Asuka zu hören schien, warf dem rotierenden Trockner einen bösen Blick zu und kletterte dann wie selbstverständlich auf Akiras Schoß, wo er in vertrauter Manier seine kleinen Arme um Akiras Hals schlang. Akira drückte den Jungen an sich, als würde er das jeden Tag tun.

Ich war so entsetzt, dass ich leise keuchen musste.

War es normal, dass ein Junge, der wahrscheinlich noch im Grundschulalter war, sich jemandem so an den Hals warf? Ich starrte ihn finster an, was Akira nicht entging.

»Was guckst du so? Hat er dir was getan?«, fragte er lachend.

»Nein, sorry ...« Ich entschuldigte mich zerknirscht, woraufhin Asuka kicherte, als hätte er mich durchschaut.

Er grinste mich mit seinen niedlichen Eckzähnen an, die mir in diesem Augenblick wie Raubzähne vorkamen. Als würde dieses Kind Highschool-Schüler fressen ... Oh ja, genau. Asuka war noch ein Kind. Wieso machte sein Verhalten mich dann bloß so wütend?

»Sag mal, Akira, was riecht hier so gut? Habt ihr was gegessen? Ich will auch!«

Asuka schnurrte wie eine Katze und warf mir einen frechen Seitenblick zu. Das gab mir endgültig die Gewissheit, dass er mit Absicht handelte. Dieser Blick sollte mir zeigen, dass Akira ihm gehörte – und nicht mir.

»Sorry, Asuka, du kommst leider zu spät«, antwortete Akira. »Wir haben ein paar Kroketten vom Fleischhändler gegessen, aber wir sind gerade damit fertig geworden.«

»Waaas?! Na toll, und für mich hast du nichts aufgehoben?« Asuka strampelte wütend mit den Beinen.

Akira lächelte ihn beschwichtigend an und sagte: »Ist ja gut, ich geh dir auch eine Krokette kaufen. Was willst du für eine?«

»Eine mit Hackfleisch!«

»Alles klar. Dann warte hier und stell keinen Blödsinn an, ja?« Akira tätschelte Asuka sanft den Kopf, holte dann sein Portemonnaie aus der Schultasche und machte sich auf den Weg zur Tür.

»H... Hey, warte!«, rief ich und packte ihn am Handgelenk.

Akira drehte sich um und schaute mich fragend an. »Hm? Möchtest du auch noch eine?«

»Nein, ähm ... Ich wollte einfach nur mitkommen ...«

»Bleib mal lieber hier. Es ist kalt draußen«, erwiderte Akira jedoch.

Ich konnte nur resignierend feststellen, dass er einfach zu nett war. Zu mir, zu Asuka und überhaupt.

»Also, sei du auch schön brav und stell nichts an, ja?« Akira tätschelte mir auf die gleiche Weise den Kopf wie soeben Asuka und lachte anschließend.

Mir wurde schrecklich heiß und ich ließ meinen Blick nach unten sinken, damit Akira nicht sah, wie rot ich geworden war. Das war mir viel zu peinlich.

»Dann bis gleich«, meinte Akira und ging zur Tür.

»Beeil dich!«, rief Asuka ihm hinterher.

Und so verließ Akira die Wäscherei allein, ohne dass ich es verhindern konnte.

Es wirkte ganz so, als hätten Asuka und ich für ihn ungefähr den gleichen Status: Wir waren beide Jungs, um die er sich ab und zu kümmerte. Das störte mich sehr, immerhin lagen Akira und ich altersmäßig nur ein Jahr auseinander. Musste er mich da so von oben herab behandeln? Das regte mich so auf, dass ich mich energischer als nötig auf meinen Hocker setzte.

Ich hätte Akira vorhin doch küssen sollen. Dann wäre er überrumpelt gewesen und hätte mich auf einen Schlag nicht mehr für ein Kind gehalten.

Es trat Stille im Raum ein, man hörte nur noch das Rotieren der Waschgeräte. Asuka war plötzlich verstummt, obwohl er in Akiras Anwesenheit so laut gewesen war. Hatte er gemerkt, dass ich mich über ihn ärgerte? Jedenfalls sprach er mich nicht an und stand nur gelangweilt vor dem Trockner mit seiner Wäsche.

»Willst du dich nicht setzen?«, schlug ich irgendwann vor.

Asukas Gesicht hellte sich sofort auf und er kletterte auf den Hocker neben mir. Von dort aus strahlte er mich an, als sei nie etwas gewesen, und rief: »Sag mal, was habt ihr denn da vorhin gemacht?! Das hat fast so ausgesehen, als wolltest du Akira küssen! Hab ich recht?!«

Dieser Knirps war so dreist, dass es mir die Sprache verschlug. Aber ich musste auch zugeben, dass er für sein Alter einen verdammt guten Blick für solche Dinge hatte.

»Stehst du etwa auf Jungs? Jetzt sag schon!«, bohrte Asuka ungeniert weiter.

»Auf Jungs nicht unbedingt«, gab ich möglichst locker zurück, »nur auf Akira. Aber wehe, du sagst ihm das, klar?«

»Natürlich nicht, ich verrate ihm kein Sterbenswort! Ich kann Geheimnisse für mich behalten! Zum Beispiel auch, dass Yuki voll auf Miho steht, aber Miho in mich verknallt ist!«

Das klang überhaupt nicht so, als könne Asuka etwas gut für sich behalten. Ich musste lachen, beschloss aber, dass es wohl schon okay sei. Akira würde es ihm sowieso nicht glauben.

»Wie heißt du eigentlich?«, fragte Asuka mich in dem Moment.

Endlich mal eine Frage, die zum Reifegrad eines Grundschülers passte. Meine lachende Reaktion soeben hatte ihn offenbar dazu angeregt, sich ein neues Thema zu suchen.

»Shintaro Katsuki«, nannte ich ihm meinen vollen Namen.

»Shintaro? Okay!«

»Kannst mich aber auch Shin nennen«, bot ich an und versuchte so, etwas Nähe aufzubauen – eigentlich nur, damit Asuka sich nicht direkt wieder an Akira hängte, wenn der zurückkam.

»Alles klar, Shin! Und ich heiße ...«, fing Asuka an.

»Asuka heißt du, ich weiß schon«, sagte ich und grinste spöttisch. »Hab ich aus deinem Gespräch mit Akira herausgehört.«

Asuka erwiderte mein Grinsen.

»Wollen wir etwas spielen?«, bot ich an.

Sofort zeigte sich, dass Asuka tatsächlich noch ein Kind war, denn er nickte begeistert.

»Au ja, spielen wir! Ich hab Karten dabei!«

Wir breiteten sie auf dem Tisch aus, der normalerweise für die Kunden der Wäscherei gedacht war, und fingen an zu spielen. Da ich viele Geschwister hatte, kannte ich natürlich so einige Kartenspiele.

»Och, nö! Schon wieder verloren«, maulte Asuka nach einer Weile.

Nachdem ich ihn bei der ersten Runde absichtlich hatte gewinnen lassen, war er sauer geworden und ich hatte daher ab dem zweiten Mal ernsthaft gespielt. Nun beschwerte Asuka sich, dass er verlor – doch sein Gesicht strahlte vor Freude.

»Dreh nicht einfach irgendwelche Karten um, wenn du gewinnen willst«, erklärte ich. »Schau mal, du brauchst mindestens vierzehn Paare, richtig? Teile erst mal die verdeckten Karten gedanklich in vier Bereiche und dann ...«

Ich verriet Asuka ein paar einfache Gewinnstrategien und er strahlte mich bei allem, was ich sagte, mit großen Augen an.

»Wow, krass! Was du alles weißt, Shin! Du bist echt schlau!«, rief er begeistert. Ich wusste eben, wie man mit Kindern umging.

Dann schien er selbst eine Idee zu haben: »Weißt du was, Shin?! Ich verrate dir jetzt auch mal was ganz Tolles! Du wirst staunen, wenn du das hörst!«

»Was ganz Tolles?« Ich hielt beim Kartenmischen kurz inne und sah Asuka skeptisch an.

Er reckte sich zu mir hoch und flüsterte in mein Ohr: »Akira lässt sich immer voll leicht überreden! Du musst ihn also nur davon überzeugen, dass er mit dir gehen soll! Dann klappt das bestimmt!«

Das brachte mich schon wieder völlig aus dem Konzept. War dieser Asuka echt noch ein Grundschüler? Langsam hegte ich daran ernste Zweifel.

»Danke für den Tipp«, entgegnete ich schließlich mit einem gezwungenen Kichern. »Aber ich glaube, von solchen Dingen hast du noch keine Ahnung ...«

»Doch, und wie! Meinen ersten Kuss hab ich schon hinter mir, nur dass du's weißt!«

»Ein Bussi von deinen Eltern zählt nicht als Kuss. Das ist dir schon klar?«

»Natürlich! Hallo, ich hab mit meiner Freundin geknutscht!«

Ich war so baff, dass ich die fertig gemischten Karten auf den Boden fallen ließ. Asuka grinste mich triumphierend an.

»Na, hattest du auch schon deinen ersten Kuss? Oder noch nicht? Oh, dann bin ich ja erfahrener als du?!«

Vom Knutschen konnte bei mir in der Tat keine Rede sein, wenn ich nicht einmal in der Lage war, meinem Schwarm zu sagen, dass ich auf ihn stand. Ich war echt noch unreif, und das wusste ich.

»Werd bloß nicht frech, du«, sagte ich trotzdem drohend zu Asuka und kniff ihn in die Wange.

Sein Gesicht fühlte sich weich und ein bisschen wie ein warmes Marshmallow an. Er schien eine höhere Körpertemperatur zu haben als ich, aber das fand ich nicht beunruhigend – ich wusste, dass es bei Kindern häufig so war, vor allem dann, wenn sie so aufgeregt waren wie Asuka gerade.

»Dein Gesicht ist ganz heiß, wie bei meinen kleinen Geschwistern immer«, meinte ich.

Erleichtert darüber, dass Asuka trotz allem noch ein Kind war, drückte ich noch ein wenig an seiner Wange herum und dachte mir, dass ich diesen frechen Bengel irgendwie doch gern mochte.

Asuka zog angewidert die Augenbrauen zusammen und schob meine Hand weg.

»Hör auf damit! Und wag es nicht, so mit mir zu reden, du Jungfrau!«

»J... Jungfrau?! Wie kommst du darauf?«

Doch gerade als ich das japste, kam Akira zur Tür herein und ließ sofort wieder den Erwachsenen heraushängen.

»So, da bin ich wieder ... Na, Kinderchen, habt ihr brav auf mich gewartet?« Es begann sofort, nach Bratöl und Hackfleisch zu riechen.

»Vergiss nicht, was du mir versprochen hast«, raunte ich Asuka schnell zu.

»Du hast mein Wort, Jungfrau!« Asuka grinste mich an und zog eine Fratze.

Wäre Akira nicht wieder da, hätte ich Asuka wohl die Leviten gelesen.

Wir spielten noch ein paar Stunden, bis es schließlich Abend wurde und Asukas Oma kam, um ihn abzuholen.

»Das hat voll Spaß gemacht! Akira, Shin, lasst uns nächstes Mal wieder zu dritt spielen!«

Asuka winkte uns glücklich strahlend zum Abschied, sichtlich müde vom langen Kartenspielen.

»Ja, das machen wir bald wieder«, versprach Akira lächelnd.

Nur ich stand daneben und zog eine Schmollmiene.

»Wäre der bloß nicht die ganze Zeit auf dir herumgeklettert«, brummte ich. Asukas enger Körperkontakt mit Akira war mir bis zuletzt ein Dorn im Auge gewesen.

»Hat dich das so gestört?«, fragte Akira verwundert. »Sei doch froh, er hat in uns halt zwei große Brüder gefunden, die er mag. Und du hast doch auch gern mit ihm gespielt, oder?«

Er lachte mich unbekümmert an, woraufhin ich mit den Zähnen knirschte und meine Tasche auf die Schulter hievte.

»Ich geh dann mal heim«, sagte ich verärgert.

»Ah, warte! Ich geh auch! Hey, wir zwei großen Brüder sollten zusammen nach Hause gehen, nicht wahr?«, rief Akira.

Leider war Brüderlichkeit nicht die Art von Nähe, die ich mir von ihm wünschte. Ich seufzte. Würde er meine Gefühle je bemerken?

»Solche Rollenspiele will ich nicht mit einem Zwölftklässler spielen«, meinte ich betont herablassend.

»Was ist so schlimm dran, Bruder?«

»Falls du mich noch mal ›Bruder‹ nennst, spreche ich nie wieder mit dir!«

»Ha ha, nicht dein Ernst, oder? Ach, komm, das würde jetzt auch kein Elftklässler sagen!«

Akira lachte mich so heiter an, dass ich wieder einmal nicht wusste, wie ich reagieren sollte.

»Na ja, aber Spaß beiseite ... Ich hoffe echt, dass du mich nicht verstößt«, fügte Akira dann hinzu. »Lass uns lieber mal demnächst ins Kino gehen! Was hältst du davon?«

Mein Herz setzte fast einen Schlag aus. Akira hatte es so leichthin gesagt, dass es für ihn garantiert keine größere Bedeutung hatte. Aber mich versetzte diese Einladung direkt in Panik.

»Ins Kino? Nur du und ich, oder noch mit jemandem?«, fragte ich, um sicherzugehen.

»Nur du und ich, ist doch klar. Oder willst du wen mitnehmen?«, fragte Akira zurück.

Wir waren mittlerweile draußen und hatten uns auf den Heimweg gemacht. Die Bäume am Straßenrand waren kahl und farblos, und Akira rieb wieder seine Hände aneinander, dabei murmelnd, wie kalt es doch sei.

Ich hatte kurz überlegt, ob ich seine Hände nehmen sollte, aber so leicht fiel mir das nicht. Also vergrub ich meine Hände tief in den Hosentaschen.

»Okay, wir können ja mal ins Kino gehen«, meinte ich nach einer kurzen Pause.

Es wäre sowieso nur ein Kinobesuch zweier sich aus der Schule kennenden Kumpel. Ich war hier der Einzige, der heimlich verliebt war und sich Hoffnungen machte, die nicht erfüllt werden konnten.

Ob ich das eines Tages wohl satthatte und ihm doch sagen würde, was ich für ihn empfand?

»Super, dann lass uns gleich nächste Woche gehen!«, rief Akira. »Da kommt Teil drei dieser einen Actionserie heraus, die voll gut sein soll!«

»Hast du Teil eins und zwei gesehen?«

»Nee, bisher nicht. Vielleicht sollte ich sie mir auf DVD ausleihen ...«

Ich zögerte kurz, bevor ich Mut fasste und vorschlug: »Soll ich sie dir leihen? Ich hab beide Teile zu Hause.«

»Oh, echt? Das wäre toll!« Akira strahlte mich herzlich an, bevor er frierend die Schultern hochzog und das Kinn tief in seinem dicken Schal vergrub.

»Shin, und jetzt mach was gegen diese Kälte ... Ich bin schon ein halber Eiszapfen!«

Sofort fühlte ich mich wie von einem Eiszapfen mitten ins Herzen getroffen. Wenn Akira nur wüsste, was seine scherzhafte Forderung in mir auslöste ...

»Gegen die Kälte kann ich leider nichts tun«, gab ich unwirsch zurück.

Sowohl gegen das Wetter als auch in Bezug auf Akiras Gefühle war ich völlig machtlos. Und er lachte mich wieder an. Er war vollkommen ahnungslos.

Der Tag, an dem ich die Situation zwischen uns satthatte, kam schneller als gedacht.

Am Montag machte ich mich nach der letzten Stunde auf zu Akira, um ihm wie versprochenen die DVDs zu geben.

Als ich mich der Treppe zur Etage der Zwölftklässler näherte, sah ich Akira herunterkommen – jedoch nicht allein. Neben ihm war Herr Sakuma, sein Klassenlehrer, der auch den Schwimmklub leitete. Ich kannte ihn flüchtig vom Sehen her.

Automatisch versteckte ich mich in einem Winkel des Gangs, sodass die zwei mich nicht sehen konnten. Ich wusste nicht, wieso, aber etwas sagte mir, dass ich sie jetzt nicht ansprechen sollte. Also lauschte ich nur, worüber sie redeten.

»Es freut mich sehr, dass du schon die Zusage der Uni hast«, sagte Herr Sakuma.

»Ha ha, danke ... Das habe ich nur Ihnen zu verdanken!«, antwortete darauf Akira.

Sein Gesicht war verdunkelt, weil das Licht vom oberen Treppenabsatz her auf ihn fiel. Ich konnte also nicht sehen, welche Emotion sich gerade darin spiegelte, doch seine Stimme klang zweifellos anders als sonst. Sie war auf eine merkwürdige Art angespannt, wie sie es im Gespräch mit mir nie war. Ich schob es jedoch darauf, dass er gerade mit seinem Lehrer redete.

»Ich staune ja immer noch, wie du dich in den letzten Jahren gemausert hast und nun sogar studieren wirst«, fuhr Herr Sakuma fort. »Dabei warst du im ersten Jahr hier an der Highschool noch ein richtig wilder Rowdy, mit blond gefärbten Haaren und ...«

»Graaah!! H... Herr Sakuma, bitte kein Wort mehr davon! Erinnern Sie mich nicht an die peinlichste Zeit meines Lebens!!«

»Peinlich? Ach, Quatsch ... Ich hatte dich von Anfang an in mein Herz geschlossen. Ich habe sogar noch einige Fotos von damals. Willst du sie sehen?«

»Nein, auf keinen Fall!«

Dass Akira früher einmal blonde Haare gehabt haben sollte, war mir neu. Ich merkte, wie ich neidisch auf Herrn Sakuma wurde, weil er Seiten an Akira kannte, die ich nie kennengelernt hatte. Ich bekam ein wenig Herzstechen und wusste nicht, wohin mit den Gefühlen, die ich gerade empfand.

»Also dann, ich muss dort lang!«, verabschiedete sich Akira von seinem Lehrer.

»Okay. Komm gern mal wieder zum Reden vorbei, wenn du Student bist«, erwiderte Herr Sakuma.

Darauf antwortete Akira nichts mehr, sondern lief schnell die letzten Stufen herab und bog in meine Richtung ab. Ich drückte mich noch mehr an die Wand und hielt die Luft an.

»Als ob ich einfach so zum Reden vorbeikommen könnte ...«, murmelte Akira mit hochrotem Kopf, während er mich passierte.

Mein Herz begann zu rasen. So hatte ich ihn noch nie erlebt. Ich bekam plötzlich Angst, dass ich ihn nie wiedersehen würde, wenn er jetzt fortging. Also rief ich schnell seinen Namen, um ihn aufzuhalten.

»Akira ...!«

Er drehte sich um und als er mich an der Wand stehen sah, weiteten sich seine Augen vor Überraschung.

»Sh... Shin? Was machst du denn hier? Oh Mann, und ich dachte schon, mich hätte ein Geist angesprochen ...«

Meine Hände ballten sich bei seiner Reaktion ungewollt zu Fäusten, sodass ich die Papiertüte, die ich hielt, etwas zerdrückte.

»A... Ach so, du hast mir die DVDs gebracht?! Cool, danke!« Akira streckte mit einem unecht wirkenden Lächeln seine Hand nach der Tüte aus.

Irgendetwas stimmte nicht, das sagte mir mein Gefühl. Und mein Herz tat furchtbar weh, fast so, als hätte jemand mit etwas Spitzem hineingestochen.

»*Damals, also in meiner Highschool-Zeit ... war Sakuma der Aufseher des Schwimmklubs und ich war extrem verliebt.*«

Als ich plötzlich diese Worte in meinem Kopf hörte, zog ich verwirrt die Augenbrauen zusammen. Wo hatte ich das bloß schon einmal gehört? Und wer hatte das gesagt? Mein Kopf tat inzwischen auch so weh, als würde er gleich platzen.

Auf jeden Fall konnte ich nicht mehr ignorieren, was ich gesehen hatte. Akira hatte Herrn Sakuma so angeschaut, als sei er in ihn verliebt. War das wirklich der Fall?

Ich machte einen Schritt auf Akira zu. Er schien zu spüren, dass in mir etwas vorging, denn er wich automatisch einen Schritt zurück.

»Was? Äh ... Sag mal, was hast du denn? Bist du irgendwie sauer auf mich oder so?«

»Nein. Aber du ... du ...«

Brennende Eifersucht hatte von mir Besitz ergriffen und ich musste es nun einfach fragen.

»Bist du ... in Herrn Sakuma verliebt?«

Ich betete, dass Akira mit Nein antworten würde. Doch leider wurde mein Wunsch nicht erfüllt.

»W... Woher weißt du das?«, fragte Akira zurück und gab es damit zu. Ich war zerschmettert.

»Aber Herr Sakuma ... ist doch ein Mann!«, rief ich.

Wenn Männer für ihn kein Tabu waren, dann hätte Akira sich auch in mich verlieben können. Wieso hatte er das nicht getan? Ich war ihm doch viel näher als dieser Herr Sakuma.

»Also, ich meine ...«, stammelte ich, als Akira nichts sagte.

Beinahe hätte ich ihm in einem Anflug von Hoffnung und Selbstüberschätzung meine Gefühle an den Kopf geworfen. Als ich jedoch sah, wie Akira mit fahlem Gesicht die Lippen aufeinanderpresste, konnte ich nichts sagen. Er schien meine Worte als Vorwurf verstanden zu haben.

»Tja, da bist du enttäuscht, was? Ja … ich stehe auf Männer. Und komischerweise hatte ich gedacht, dass dir das nichts ausmachen würde …« Mit diesen Worten funkelte Akira mich an, offenbar sehr wütend.

Ich schreckte zurück. Nun dachte er also, ich hätte etwas gegen Homosexuelle. Dabei stimmte das gar nicht. Im Gegenteil, ich war doch in ihn …

»Jetzt willst du sicher nicht mehr mit einem wie mir ins Kino gehen, richtig? Ich versteh schon«, fügte Akira hinzu. »Vergessen wir's einfach, okay? Du musst nichts tun, was du nicht willst.«

»A… Akira … Nein, so meinte ich das nicht …!«

»Schon okay. Mach's gut, Shin.«

Ohne mir die Gelegenheit für eine Erklärung zu geben, drehte Akira sich um und rannte davon.

»Warte, Akira!«

Ich lief ihm nach. Hatte er auch nur die leiseste Ahnung, wie sehr ich mich aufs Kino mit ihm gefreut hatte? In Wahrheit hatte ich nicht einmal die DVDs besessen. Das war gelogen gewesen. Ich hatte sie mir später heimlich gekauft, damit ich eine Ausrede hatte, um in der Schule noch etwas mehr mit ihm reden und in seiner Nähe sein zu können.

Jetzt verfluchte ich mich dafür, wie dumm ich gewesen war, während ich gleichzeitig all meine physische Kraft aufbringen musste, damit Akira mich nicht abhängte. Die zwei DVDs in der Papiertüte schlugen beim Laufen klappernd aneinander.

»Folg mir nicht, lass mich in Ruhe!«

»Aber ich will, dass du mir zuhörst …!«

So schnell war ich schon lange nicht mehr gerannt. Akira war für mich zu einem neuen Licht der Hoffnung geworden, nachdem ich den großen Traum vom Schwimmen verloren hatte. Da war es mir jetzt auch egal, was die Leute von meiner Zuneigung zu ihm halten würden. Ich wollte ihn auf keinen Fall verlieren.

Irgendwie gelang es mir, Akira einzuholen, und ich packte ihn am Handgelenk. Er schlug mich weg. Ich spürte, wie ich einen Kloß im Hals bekam. Eine Mischung aus Verlustangst und Wut kochte in mir hoch und schrie danach, ausgedrückt zu werden.

»Hey, lauf doch nicht weg!«

»Lass mich in Ruhe, Shin!«

Aber ich packte Akira diesmal so fest am Handgelenk, dass er mich nicht mehr abschütteln konnte. Dann führte ich ihn in ein leeres Klassenzimmer des mittlerweile ungenutzten nördlichen Schulgebäudes. Dort war es kalt, weil das Gebäude nicht beheizt wurde. Die Tische im Klassenzimmer waren vor der Tafel zusammengeschoben und dienten als Ablage für kaputte Musikinstrumente. Die Luft roch staubig. Offenbar hatte schon lange niemand mehr diesen Raum betreten, um den Staub von den Instrumenten zu wischen.

»Shin! Mann, jetzt lass mich endlich los!«

Ich ignorierte Akiras Forderung jedoch erneut, knallte die Tür von innen zu und schob rasch den Riegel vor. Akira versuchte immer noch, sich aus meinem Griff zu lösen. Das machte mich wütend. Ich verpasste ihm einen Stoß und drückte ihn mit dem Rücken an die Wand. Die Papiertüte mit den DVDs fiel zerknittert auf den Linoleumboden.

»Aua! Hey, was soll das?! Du tust mir weh!« Akira keuchte heftig und starrte mich böse an.

Doch ich wollte nun einmal nicht, dass er mich wegen eines missverständlichen Ausdrucks gleich aus seinem Leben verbannte. Die Traurigkeit und Wut darüber bahnten sich ihren Weg in meine Kehle. Ich spürte sogar einen Würgereiz.

»Bist du wirklich ... in Herrn Sakuma verliebt?«

»W... Was geht dich das an?!«

Es war nicht zu fassen. Wie konnte er mir nach all unserer gemeinsamen Zeit bloß sagen, dass es mich nichts anginge?

»Du willst mir jetzt sicher zeigen, wie eklig du mich findest, weil ich auf einen Mann stehe?! Aber keine Sorge ... Ich hatte nie vor, dir dadurch irgendwelche Probleme zu bereiten. Lass mich einfach in Ruhe und dann hat es sich für dich erledigt, okay?«

Über Akiras Wangen flossen nun Tränen. Er wandte beschämt den Blick ab und schaute nach unten, als wolle er nicht vor mir weinen.

»Bist du zufrieden?«, fragte er.

Natürlich war ich nicht zufrieden. Ich hatte mir doch vorgenommen, ihn nicht mehr zum Weinen zu bringen. Aber jetzt war es wieder passiert. Ich war echt so dämlich. Diese Selbsterkenntnis ließ die Kraft aus meinen Händen weichen.

»Ich ... finde dich nicht eklig. Es ... Es ist vielmehr so ... dass ich ...«

Es ist einfach vielmehr so, dass ich auf dich stehe. Aber das konnte ich ihm jetzt nicht sagen. Und zwar, weil er mich unterbrach.

»Hör auf, mir wehzutun, du Idiot«, knurrte er – und schlug mir im nächsten Moment mit der Faust auf den Kopf.

Es tat kein bisschen weh.

Akira hatte fast keine Kraft in den Schlag gelegt und als ich das realisierte, fühlte ich mich erst recht erbärmlich. Wenn schon, dann hätte ich mir gewünscht, dass er mich bewusstlos oder gleich totgeschlagen hätte.

Akira wischte sich die Tränen aus dem Gesicht und schob mich weg. Dann ging er zum Fenster, wo er mit dem Rücken zu mir stehen blieb. Ich bekam auf einmal Angst, dass er sich nie wieder zu mir umdrehen könnte.

Mein Herz zog sich vor Schmerz zusammen und ich überlegte, was ich sagen sollte. Doch mir fielen nur lauter blöde Ausreden für mein Verhalten ein.

»Versteh mich nicht falsch, Shin«, ergriff Akira schließlich von selbst das Wort. »Ich weiß nur zu gut, dass Herr Sakuma mich nie ernsthaft in Betracht ziehen wird. Für ihn bin ich nur ein Schüler ... und dazu halt ein Junge ...«

Das Zittern seiner belegten Stimme quälte mein Herz nur noch mehr.

Akira dachte also selbst jetzt an Herrn Sakuma, während er mit dem Rücken zu mir am Fenster stand und weinte. Für mich hatte er kein Stück Aufmerksamkeit übrig. Das war so frustrierend.

Ich war doch auch ein Schüler, auch ein Junge. Und ich wollte es nicht mehr unversucht lassen. Wenn ein beherzter Schritt meinerseits Akira dazu bringen konnte, sich mir zuzuwenden, dann wollte ich diesen Schritt gehen – selbst auf die Gefahr hin, dass ich scheitern könnte.

Ich trat an Akira heran und legte von hinten meine Arme um ihn. Und dann sagte ich laut und deutlich die folgenden Worte: »Aber ich mag dich ... Was hältst du von mir?«

»Hä?«

Akira reagierte weder mit Wut noch lehnte er mich sofort ab. Seine Stimme klang nur ehrlich überrascht und sein Körper versteifte sich. Aber das war auch schon alles.

Ich drückte Akira noch fester an meinen Brustkorb. Dabei wurde mir selbst fast schwindlig – endlich hielt ich ihn in meinen Armen, nachdem ich mich so lange danach gesehnt hatte.

Ich fuhr mit einer Hand über Akiras Schuluniform und ertastete seine Herzgegend. Als ich ein Pochen fühlte, bekam ich schlagartig Gänsehaut. Nachts, allein in meinem Bett, hatte ich mir so oft vorgestellt, wie es wohl wäre, Akira zu umarmen und ihn zu spüren.

Und jetzt war das, was ich mich nie getraut hatte, jemandem zu sagen, Wirklichkeit geworden.

Ich presste meine Wange an seine weichen, braunen Haare und begann regelrecht zu flehen: »Akira, ich meine es ernst ... Ich kann gut kochen, waschen und putzen, ich würde dich nie betrügen, ich würde jederzeit gut für dich sorgen ... Und ich werde auf jeden Fall Arzt, sodass wir uns ums Geld nie Sorgen zu machen brauchen. Ich würde auch nie unseren Jahrestag vergessen und dir ganz oft sagen, wie sehr ich dich liebe, damit du es immer weißt ... Ich würde dich vor jeder Gefahr der Welt beschützen! Koste es, was es wolle. Ja, für dich würde ich echt alles tun ...!«

»Sh... Shin ...!«

Akira versuchte, sich aus meiner Umarmung zu lösen, aber ich drückte ihn so fest an mich, wie ich konnte, damit er mir nicht entkam. Ich hörte, wie er einen Atemzug nahm, und prägte mir das Gefühl seiner Schuluniform unter meinen Händen sowie das leise Rascheln seiner Kleidung ein, um es nie wieder zu vergessen.

»Akira, ich hab mich ... in dich verliebt«, sagte ich.

Ja, ich liebte ihn. Wahnsinnig, so sehr. Gern hätte ich ihm auf irgendeine ganz tolle Art meine Gefühle gestanden, aber so hatte es sich jetzt halt ergeben.

»Und was ist mit dir? Magst du mich nicht? Oder hast du mich auch irgendwie gern? Sag's mir, ich will es wissen ...«

»Also, wenn du mich so fragst ... dann ist es wohl nicht so, dass ich dich nicht mögen würde ...«

Die Antwort kam als leises Flüstern zurück. Ich konnte regelrecht fühlen, wie hin- und hergerissen er war. Plötzlich erinnerte ich mich wieder an Asukas Ratschlag. Wer hätte gedacht, dass ich ihn tatsächlich befolgen würde? Ich musste ein Lachen unterdrücken.

»Es ist nicht so, dass du mich nicht magst? Dann sag lieber gleich, dass du mich auch gern hast ... Na komm, sag es mal!«, drängte ich probeweise.

»S... So was sag ich nicht!«

Als Akira sich weigerte, drehte ich sanft seinen Kopf zu mir herum und sah ihm tief in die Augen. Er lief rot an und zwar so sehr, dass ich meine Aktion fast ein wenig bereute. Gleichzeitig war er jedoch auch so süß ... Wem in aller Welt hatte ich es nur zu verdanken, dass ich einem Menschen wie Akira begegnet war?

»Sag's mir ... Ich lass dich nicht los, bis du es mir gesagt hast«, verlangte ich noch einmal.

Ich wusste, dass das fies war. Dennoch hielt ich sein Kinn weiterhin fest und konnte nicht anders, als zu hoffen, dass ich seine Gefühle ein klein wenig ins Wanken gebracht hatte.

Akiras Augen wanderten hin und her – dann schloss er sie resigniert und seufzte.

»Okay, ich hab dich auch gern. Bist du jetzt zufrieden? Wenn ja, dann lass mich gehen!«

Doch ich konnte seine Forderung schon wieder nicht erfüllen. So glücklich machte mich das, was er gesagt hatte, auch wenn es vielleicht nur gelogen war.

»Nein, Akira. Bleib bitte noch bei mir ... Ich will mit dir zusammen sein.«

Das war es, was ich mir sehnlich wünschte. Ich würde ihn auch gut behandeln und ihm kein Leid zufügen, da war ich mir sicher.

»L... Lass mich los, verdammt noch mal! Hey, was willst du machen, wenn uns jemand hier so sieht?!«

Akira versuchte wieder, sich aus meinen Armen zu befreien, doch ich hielt ihn fest. Ich wollte, dass er kapierte, wie ernst es mir war. Darum vergrub ich mein Gesicht in seinem Nacken, der weder

nach Shampoo noch nach Schweiß, sondern nach frischem Blatt-grün roch ... Ob das wohl Akiras ureigener Geruch war? Mir kamen fast die Tränen, so sehr liebte ich ihn.

»Sollen uns die Leute doch sehen«, murmelte ich. »Dann wissen sie, dass du mir gehörst, und das wäre gut so. Ich will, dass die ganze Welt davon erfährt ...«

Darauf gab Akira schwach zurück: »Warst du ... schon immer so, Shin ...?« Seine Stimme machte mich beinahe verrückt.

Ich legte meinen Gefühlssturm in einen Nackenkuss, begann, ihn mit der Nase zu streicheln – was Akira offenbar kitzelte, denn er gab einen kleinen Laut von sich und versuchte, sich wegzudrehen.

»H... Hör auf damit ...«

In Gedanken sagte ich, er solle froh sein, dass wir in einem leeren Klassenzimmer waren. Wären wir in einer noch geschützteren Um-gebung, dann hätte ich mich vielleicht gar nicht beherrschen können und ihm direkt die Kleidung vom Leib gerissen. Was natürlich nicht gut gewesen wäre.

»Du bringst mich dazu, solche Dinge zu tun ... einfach weil du so bist, wie du bist«, gestand ich.

»I... Ich bringe dich dazu? Was redest du da? Ich hab doch gar nichts getan ...«

»Ist dir immer noch nicht klar, wie sehr ich in dich verliebt bin? Du scheinst nicht zu verstehen, wie ich das meine ...«

Da wirbelte Akira zu mir herum – in seinen Augen loderte Wut.

»Doch, das ist mir klar!«, rief er. »Du hast es mir ja immerhin sehr deutlich gezeigt ... Aber jetzt lass mich in Ruhe und schau mich vor allem nicht so an! Da kann ich irgendwie kaum einen klaren Gedanken fassen ...«

Akiras Stimme wurde immer leiser, was in mir den Eroberungstrieb nur noch mehr anfachte.

»Du musst gar nicht darüber nachdenken«, hauchte ich. »Gib dich einfach hin und lass mich machen ...«

Ich wusste, dass ich gerade etwas Heikles gesagt hatte. Aber das war mir schon fast egal. Ich begehrte Akira so sehr, dass ich alles auf diese Chance setzen wollte.

»Dich machen lassen? Was redest du da für einen Quatsch?! Mann, lass mich endlich los, Shin!«

»Ah ...«

Akira hatte einen kurzen Moment genutzt, in dem ich unaufmerksam gewesen war, und sich aus meinem Griff befreit. Instinktiv wollte ich der Wärme seines Körpers folgen, sie nirgendwohin entkommen lassen. Ja, ich wollte ihn am liebsten für immer, mein ganzes restliches Leben lang im Arm halten ...

Akira ging auf sicheren Abstand zu mir, fluchte kurz und sah mich dann empört an.

»Hey, Shin ... Ich meine, es tut mir ja leid, dass ich nicht früher etwas von deinen Gefühlen bemerkt habe. Aber du bist gerade echt zu übergriffig geworden! Hör auf, solche Dinge zu sagen und zu tun. Ich soll mich dir hingeben? Da wird mir ja schlecht!«

Die Worte brachten mich zur Besinnung, als hätte Akira einen kalten Wassereimer über mich gekippt. Schlagartig war auch wieder die Angst da, dass er meine Gefühle abstoßend finden und mir die Freundschaft kündigen würde.

»T... Tut mir leid«, sagte ich zerknirscht und ballte meine Hände zu Fäusten. »Aber als du mir vorhin gesagt hast, dass du auf Herrn Sakuma stehst, da konnte ich irgendwie nicht anders ...«

»Okay, du warst also eifersüchtig, und das rechtfertigt alles?! Nur weil du gut aussiehst, glaubst du, du kommst mit allem durch?! Oder wie, Shin?!«

Akiras Zorn schlug mir so stark entgegen, dass ich ihn körperlich spürte.

Es trat kurz Stille ein. Die Atmosphäre war jedoch geladen und obwohl der Raum unbeheizt und daher kalt war, schwitzte ich wie verrückt. Fieberhaft suchte ich nach einer Möglichkeit, Akira noch umzustimmen.

»Es tut mir leid ... Kannst du bitte wenigstens das annehmen?«, sagte ich schließlich und hob die Papiertüte mit den DVDs vom Boden auf. Sie hatte etwas Staub gefangen, den ich abklopfte, bevor ich sie Akira reichte.

Er zog leicht die Augenbrauen zusammen – und nahm die Tüte nicht an.

Heißer Schmerz sammelte sich in meiner Brust. Ob Akira mich jetzt hasste, nachdem ich ihm meine Gefühle aufgezwungen hatte? Das wäre kein Wunder.

Ich hatte alles riskiert und verloren.

Was sollte ich jetzt noch sagen? Ich krallte meine Hände fest um die Griffe der Papiertüte. War alles vorbei? Gab es keine Hoffnung mehr? Ich starrte Akira in die Augen, leise darauf wartend, ob er nicht doch eine positivere Reaktion zeigte ...

Irgendwann seufzte Akira und meinte: »Schau mich bitte nicht so an. Du siehst gerade voll wie ein ausgesetzter Hundewelpe aus.«

Das war für mich in Ordnung, wenn Akira mich deswegen lieb behandeln würde.

»Aber ich hab mich halt total in dich verliebt«, wiederholte ich in einem letzten Anflug von Hoffnung. »Bitte, Akira ... Gib mir doch eine Chance!«

Ich musste echt sehr verzweifelt wirken. Akira fuhr sich mit einer hilflosen Geste durch seine kastanienbraunen Haare und antwortete: »Boah, du bist aber hartnäckig ... So hat mich noch nie jemand bedrängt.«

Ja, das konnte ich verstehen. Für mich war es auch das erste Mal, dass ich jemanden so sehr begehrte. Aber dann schien meine Hartnäckigkeit doch Erfolg zu haben. Jedenfalls stieß Akira einen langen Seufzer aus – und nahm mir die Tüte ab.

Das Licht der schon untergehenden Sonne färbte sein Gesicht golden, als er mich ansah.

»Wir treffen uns am Sonntag um zehn vor dem Kino am Bahnhof. Komm nicht zu spät, sonst war's das!«

Und ohne ein weiteres Wort verließ er das Klassenzimmer.

Draußen im Hof fing gerade die Leichtathletik-AG mit dem Joggen an. Ich hörte Startrufe und andere Stimmen erklingen. Ein später Nachmittag wie jeder andere in der Schule. Nur zwischen Akira und mir würde ab jetzt wohl alles anders werden.

Ich hatte also die Chance erhalten, Akira von mir zu überzeugen, auch wenn ich mich nicht gerade auf die feine Art durchgesetzt hatte. Aber wenn ich nun eine Gelegenheit bekam, wollte ich sie natürlich so gut wie möglich nutzen. Ich würde Akira zeigen, wie ernst es mir war.

Wir gingen also ins Kino und schauten uns den Actionfilm an, den Akira so gern sehen wollte. Er ließ hinterher brummend den Kommentar fallen, dass wir doch bloß zwei Stunden nebeneinandergesessen und auf eine Leinwand gestarrt hätten, aber aus meiner Sicht war der Kinobesuch nicht schlecht verlaufen. Klar, war noch keine Romantik aufgekommen, doch das musste nichts heißen.

Danach gingen wir in ein Café und Akira murmelte wieder, dass wir doch nur zu zweit an einem Tisch saßen und etwas tranken … Doch ich hatte durchaus den Eindruck, dass er Spaß an den Themen hatte, über die wir redeten. Es waren keine weltbewegenden

Sachen oder so gewesen, aber fürs erste Date hatte ich Akira schon ziemlich gut unterhalten, fand ich.

Am nächsten Tag hatten wir wieder Schule, doch es sollte kein Montag wie jeder andere werden. Ich hatte mir nämlich vorgenommen, Akira von jetzt an auch in der Schule unaufhörlich meine Liebe zu zeigen.

Dafür bereitete ich zu Hause eine Lunchbox vor und brachte sie ihm in der Mittagspause. Akira machte sich gerade mit ein paar anderen Zwölftklässlern fröhlich albernd auf den Weg zum Kiosk. Ich traf sie im Flur und rief nach Akira. Dabei bemerkte ich, dass einer der Klassenkameraden vertraut seine Hand auf Akiras Schulter gelegt hatte. Das gefiel mir gar nicht und ich funkelte ihn mörderisch an. Ich hatte noch nie in meinem Leben einen Speer geworfen, aber gerade könnte ich wahrscheinlich jeden Gegner mühelos und sogar mit geschlossenen Augen treffen.

Der Klassenkamerad fühlte sich unter meinem Blick sichtlich unwohl, denn er verzog das Gesicht und nahm langsam seine Hand von Akiras Schulter.

»Shin? Was ist denn?«, fragte Akira, als er mich sah.

Ich hielt wortlos die zwei Lunchboxen hoch, die ich mitgebracht hatte. Akira begriff, was ich damit sagen wollte, und ließ sich von mir in ein leeres Klassenzimmer, wieder im ungenutzten nördlichen Schulgebäude, führen. Ein wenig protestierte er dabei zwar, doch er kam mit.

»Hast du das etwa selbst gemacht?«, rief er staunend, als ich die Boxen vor uns auf einen Tisch stellte. »Du hast doch sonst auch immer am Kiosk etwas gekauft oder in der Cafeteria gegessen, oder?«

Daraufhin erklärte ich ihm, dass ich eben eine große Familie hatte und Kochen für mich etwas Selbstverständliches war. Nur hatte ich bisher keinen großen Wert auf mein Mittagessen gelegt, weil es mir gereicht hatte, einfach nur satt zu werden. Für Akira war ich allerdings bereit, mich in die Küche zu stellen und mir richtig viel Mühe zu geben.

Ich legte zwei marineblaue Platzdeckchen, die ich ebenfalls von zu Hause mitgebracht hatte, auf den alten, zerkratzten Schultisch.

Die Lunchboxen waren zweiteilig und hatten eine obere sowie eine untere Etage. Ich nahm die obere ab und stellte beide nebeneinander vor Akira, der ziemlich ungläubig dreinblickte, obwohl ich noch gar nicht die Deckel geöffnet hatte.

In der oberen Dose befanden sich ein gerolltes Omelett, etwas gebratene Hühnerbrust mit sautierter Garnele, dazu ein farbenfroher Bohnensalat. In die untere Box hatte ich Reis mit Pilzen gefüllt, der auch kalt wunderbar schmeckte. Aber weil es gerade Winter war und ich doch auch etwas Warmes servieren wollte, hatte ich eine cremige Sojamilch-Zwiebel-Suppe mit Speck in eine Thermoskanne gefüllt.

Eigentlich hatte ich vorgehabt, auch ein Dessert mitzubringen, doch leider hatten meine hungrigen kleinen Brüder mir einen Strich durch die Rechnung gemacht und die Äpfel, aus denen ich eine süße Nachspeise kreieren wollte, waren bereits alle vertilgt worden.

Nachdem ich die zwei Etagen der Lunchboxen und die Suppenkanne vor Akira gestellt hatte, öffnete ich alle Deckel. Akira entfuhr ein überraschter Ruf.

»Wow, das sieht ja lecker aus!«

Aber dann hielt er sich schnell die Hand vor den Mund, als er sah, wie ich triumphierend kicherte.

»S... Sieht nicht schlecht aus. Ob es auch schmeckt?«, meinte er betont zweifelnd, wie um sein Lob zurückzunehmen. »Ich meine, wir sind hier doch nicht in einem Manga oder so, wo der Held nicht nur gut aussieht, sondern auch noch klug ist und hervorragend kochen kann ...«

Ich beschloss, die Worte als ein weiteres Lob zu werten.

»Wer weiß? Probier doch einfach mal«, forderte ich ihn auf und drückte ihm ein Paar Stäbchen in die Hand.

Misstrauisch griff Akira damit nach der gebratenen Hühnerbrust und biss ab.

»Und, wie schmeckt es?«, fragte ich neugierig.

Akira gab zunächst keine Antwort, sondern aß das Hühnerfleisch zu Ende, bevor er auch von den anderen Beilagen probierte. Dann sackte er kraftlos in seinem Stuhl nach hinten.

»Das gibt's doch nicht«, stöhnte er. »Es schmeckt so wahnsinnig gut, dass ich es gar nicht zugeben will …«

Ihn so beeindruckt zu sehen, machte mich sehr glücklich.

»Schön, dann werde ich ab jetzt immer für dich kochen, okay?«, sagte ich.

»Aber doch nicht etwa nach dem Motto ›Liebe geht durch den Magen‹, oder? Hast du vor, mich so rumzukriegen?«

»Nein, nein, keine Sorge. Das heißt, nur ein bisschen vielleicht.«

»Nur ein bisschen? Von wegen«, gab Akira keuchend zurück.

Ich warf einen Blick auf meine eigene Lunchbox und fing an zu überlegen. Da ich wusste, dass Akira nicht allzu gern Süßes aß, hatte ich das Omelett nur mit Sojasoße gewürzt und keinen Zucker hineingegeben. Kalt schmeckte es so jedoch ein wenig fad. Nächstes Mal würde ich wohl mehr Sojasoße benutzen oder doch etwas Zucker nehmen …

Da bekam ich einen Schnipser gegen die Stirn verpasst, den ich nicht kommen gesehen hatte, weil ich so in meine Gedanken an die nächste Lunchbox versunken war.

»So leicht kriegst du mich nicht rum, nicht mit ein bisschen Essen, nur dass du es weißt«, drohte Akira.

Ich war mir sicher, dass es mir zumindest dabei helfen würde, ihn rumzukriegen. Aber das ließ ich mir jetzt lieber nicht anmerken. »Schon okay. Iss ruhig auch die Suppe, solange sie heiß ist«, sagte ich nur.

Akira brummte leise noch ein paar Beschwerden, bevor er dem verlockenden Duft der cremigen Suppe nicht mehr widerstehen konnte und von ihr kostete.

»Lecker … Mmmh, lecker … Verdammt, wie kann das nur sein? Ach, Mann, ist das lecker …«

Und so aß er die Suppe, während er immer wieder Lob- und Schimpfwörter im Wechsel murmelte. Ich war einfach nur froh, dass der Junge, in den ich mich verliebt hatte, mein für ihn gekochtes Essen tatsächlich aß.

Von da an machte ich wie geplant jeden Tag Mittagessen für Akira. Außerdem rief ich ihn morgens und abends auf dem Handy an, um ihm einen guten Morgen und eine gute Nacht zu wünschen. In der ersten Woche antwortete Akira mir darauf nur einsilbig, doch allmählich gewöhnte er sich an meine Anrufe und wenn ich mich einmal später als sonst meldete, klang seine Stimme beim Abnehmen richtig besorgt.

Akira war eben ein netter Kerl. So nett, dass ich mir schon fast Sorgen machte, ob er nicht zu nett für diese Welt sei.

Ein Monat verging und ich bekam zunehmend das Gefühl, dass meine Bemühungen nicht ganz umsonst waren. Es war tatsächlich so, wie Asuka es gesagt hatte: Akira war jemand, der sich leicht überzeugen ließ. Ich musste wohl nur lange genug dranbleiben, dann würde er mich nicht mehr abweisen können. Leider hieß das auch, dass ich ihn später mit aller Kraft vor anderen Typen wie mir abschirmen musste, damit sie ihn mir nicht auf die gleiche Art wegnahmen.

Ich bereute es inzwischen sogar, dass ich ihm meine Gefühle nicht von Anfang an offenbart hatte. Denn als ich es endlich getan hatte, war eine große Last von mir abgefallen. Ich fragte mich, wie ich es vorher ausgehalten hatte, ihm nichts zu sagen ... Jetzt wollte ich ihm am liebsten sekündlich meine Liebe gestehen. Und ich hoffte, dass ich noch ein langes Leben führen würde, damit ich ganz viele Gelegenheiten hatte, bei Akira zu sein und seine Nähe zu genießen.

So hatte ich noch nie für jemanden empfunden. Möglicherweise war ich verrückt geworden, vor lauter Liebe zu Akira.

Er behauptete zwar immer wieder, dass meine Aktionen nur eine abschreckende Wirkung auf ihn hätten, aber das konnte ich nicht glauben. In der Liebe musste man hin und wieder eben Dinge wagen, sonst verbaute man sich die Chancen erst recht – so sah ich das mittlerweile.

Ich wollte mit Akira noch viele andere Orte besuchen, an denen wir bisher nicht zusammen gewesen waren. Zum Beispiel wollte ich mit ihm ins Planetarium, in den Zoo, in den Vergnügungspark oder an einen ruhigen Strand am Meer fahren ... Eigentlich war es ganz egal, wohin es gehen würde. Hauptsache, wir konnten zu zweit eine schöne Zeit verbringen. Die hatten wir nämlich leider seit unserem Kino-Date nicht mehr gehabt. Also überlegte ich schon fleißig, was ich Akira für unser nächstes Date vorschlagen sollte.

Doch dann zerschmetterte er meine Hoffnung mit nur einem Satz völlig unerwartet.

»Nein, ich geh mit dir auf kein Date mehr!«, rief Akira ziemlich laut, als wir gerade in der Warteschlange vor einem Schrein in der Nähe der Schule standen.

Die Winterferien hatten angefangen und es war Silvesterabend. Akira und ich hatten beschlossen, gemeinsam zum traditionellen Neujahrsbesuch des Schreins zu gehen. Letztes Jahr hatte Akira das noch mit seinen Jungs vom Schwimmklub getan, aber diesmal hatte er sich zu meiner großen Freude für mich entschieden.

Den Weg zum Schrein säumten Verkaufsbuden und es herrschte eine Stimmung wie auf einem Straßenfest. Dadurch achtete zum Glück keiner der vielen Leute um uns darauf, worüber wir redeten.

Ich hätte mich auch damit zufriedengeben können, dass wir heute zusammen hierhergekommen waren. Aber ich wollte mehr.

»Wieso nicht?«, rief ich daher vorwurfsvoll auf seine Absage hin.

Akira seufzte, während die Schlange vor uns wieder einmal stehen blieb und wir auch anhalten mussten.

»Oh Mann, ist doch klar ... Du kommst nächstes Jahr – das heißt, schon fast dieses Jahr – in die Zwölfte und dann steht deine Aufnahmeprüfung fürs Medizinstudium kurz bevor!«

Manchmal tat Akira wirklich, als sei er mein Vater oder so. Ich warf ihm einen gespielt dankbaren Blick zu und meinte: »Oh, du machst dir also Sorgen um mich? Das freut mich aber ...«

Ich verzichtete auf ein »Danke, Papa!«, wünschte mir jedoch heimlich, dass er mich nicht mehr wie ein Kind behandeln würde.

»Sorgen brauche ich mir wohl nicht zu machen«, brummte Akira verlegen zurück, »aber du nimmst dir jetzt immer so viel Zeit für mich, da frage ich mich schon ein bisschen, ob du überhaupt noch zum Lernen kommst ...«

»Ich lerne schon genug, nur keine Sorge«, gab ich ein wenig sauer zurück. Akira hatte mich gerade wieder mit einem Blick angeschaut, als sei er längst erwachsen und ich ein kleines Kind, das nicht hören wollte.

»Aber du hast in letzter Zeit voll die Augenringe, oder? Kann es sein, dass du nachts lernst? Du musst dich nicht an mich anpassen und meine ganze Freizeit mit mir verbringen ... Ich hab halt schon über ein Schwimmstipendium einen Platz an einer Uni bekommen, aber du musst jetzt alles geben, damit dein Traum in Erfüllung geht!«

Ich fühlte mich ertappt und legte mir rasch eine Hand unter die Augen, um meine Augenringe zu verdecken. Ja, ich musste aktuell in der Tat einen Preis dafür bezahlen, dass ich jeden Tag Zeit mit Akira verbrachte. Denn die Aufnahmeprüfung war mir auch wichtig, aber der Tag hatte nur vierundzwanzig Stunden – und so hatte ich meinen Schlaf geopfert. In den letzten Wochen hatte ich keine Nacht besonders viel geschlafen, aber das war es mir wert gewesen. Es gab eben viel im Leben, das ich erreichen und gewinnen wollte – so rechtfertigte ich es vor mir selbst.

»Ich will eben möglichst viel Zeit mit dir verbringen«, murmelte ich trotzig und fühlte mich langsam wirklich wie ein anhängliches Kind. Aber was sollte ich sonst tun? Akira würde bald mit der Schule fertig sein und zum Studieren wegziehen.

Die Warteschlange setzte sich in Gang und Akira machte einen Schritt vor, während er sich nachdenklich auf die Unterlippe biss. Es sah aus, als würde er mit sich hadern. Ich wartete mit einem mulmigen Gefühl im Bauch auf seine Reaktion und trat auch einen Schritt vor. Die Kieselsteine unter meinen Schuhen knirschten trotz des Lärms um uns herum.

»Also, mein Opa hat gesagt, dass wir nachmittags ruhig im Waschsalon sein dürfen ...«

»Hä? Im Waschsalon?«

»Na ja, dort gibt es einen Tisch, und mein Opa hat vor Kurzem endlich in eine Klimaanlage mit Heizfunktion investiert. So ist es nicht mehr kalt in dem Raum.«

Ich wusste zuerst nicht, was ich antworten sollte. Auch kapierte ich gar nicht so recht, worauf Akira hinauswollte. Das schien ihm peinlich zu sein und er fügte schnell eine Erklärung hinzu.

»Ich meine ... es kommen halt nicht ständig Kunden in die Wäscherei und so! Da kannst du den Tisch dort ruhig zum Lernen nutzen!«

»A… Aber ich will doch wie gesagt Zeit mit dir …«

»Boah, ich werde auch dort sein! Kapier's doch endlich, Mann!«

Endlich begriff ich, dass Akira mir vorschlug, nach der Schule miteinander Zeit im Waschsalon zu verbringen. Das war natürlich eine brillante Idee, denn so ließen sich zwei Fliegen mit einer Klappe schlagen: Ich konnte bei Akira sein und gleichzeitig lernen. Diesen Vorschlag konnte ich nur annehmen.

»Das ist toll … Danke«, sagte ich erleichtert.

Akira grinste und klopfte mir auf die Schulter. »Ja, sei mir bloß dankbar! Ich werde ab jetzt gut darauf achten, dass du immer fleißig lernst!«

Es wunderte mich echt, wie Akira mir gegenüber so eine erwachsene Haltung an den Tag legen konnte, obwohl zwischen uns nur ein Jahr Altersunterschied bestand. Ich unterdrückte wieder einen leisen Anflug von Groll, denn eigentlich freute mich die Aussicht aufs gemeinsame Lernen mit ihm sehr. Ich wollte bloß nicht, dass Akira mich für irgendeinen jüngeren Schulkameraden hielt, auf den es aufzupassen galt. Viel lieber wollte ich in seinen Augen Begierde und Verlangen nach mir sehen …

»Also, damit ist dein nächtliches Lernen vorbei, klar? Ich will, dass du ordentlich schläfst, Shin! Wenn du das verstanden hast, dann antworte mit Ja!«, sagte Akira energisch.

Ich konnte nicht anders, als mich zu fügen. In Gedanken sagte ich dabei noch einmal: »Ja, Papa«, und gab es vorerst auf, an unserem Rollenverhältnis zu rütteln.

Wir fingen also an, nachmittags zusammen in der Wäscherei zu lernen.

Vor einem Geräuschhintergrund aus ratternden Wäschetrommeln und plätscherndem Wasser schrieben wir mit unseren Bleistiften die Antworten auf Übungsfragen in die Hefte.

Akira musste zwar nicht mehr für Prüfungen lernen, aber weil er nicht tatenlos neben mir sitzen und mir dadurch ein schlechtes Gefühl vermitteln wollte, lernte er ein bisschen Englisch.

»Hey, du hast da einen Fehler gemacht«, sagte ich zwischendurch, als ich einen Blick auf sein Heft geworfen hatte. Mit dem Finger zeigte ich auf die zweite Aufgabe von oben.

»Hä? Was meinst du?«, fragte Akira.

»Das hier ist ein transitives Verb, da brauchst du kein *to*«, erklärte ich und strich die zwei Buchstaben mit meinem Stift durch.

»Ach so?«, murmelte Akira und zog verwundert die Augenbrauen zusammen. »Ah, du hast recht! Danke … Moment, aber wieso weißt du das besser als ich? Ich bin doch ein Jahr weiter im Stoff als du …«

Es war ihm unangenehm, dass ich als Elftklässler besser Englisch konnte als er. Daher lächelte ich ihn schnell zur Beruhigung an und meinte: »Ist mir bloß zufällig aufgefallen, keine Sorge.«

»Ach so? Na, wenn du meinst, du Streber!« Akira schien vorerst genug vom Lernen zu haben und stand auf. Während er sich gähnend streckte, sah er zur Decke hoch und machte dann ein nachdenkliches Gesicht.

»Was ist?«, fragte ich und blickte auch nach oben.

»Ach, mir ist nur eingefallen, dass mein Opa mich gebeten hat, die eine Leuchtstoffröhre dort auszuwechseln. Das sollte ich dann wohl mal tun.«

Genau in dem Moment begann eine der Leuchtstofflampen an der Decke zu flackern, als habe sie Akiras Worte verstanden. Sie erlosch kurz und ging wieder an, allerdings schwächer als zuvor. Bald dürfte sie wohl endgültig ihr Lebensende erreicht haben.

»Ich helfe dir«, sagte ich rasch und legte meinen Bleistift hin. Als ich jedoch aufstehen wollte, schüttelte Akira den Kopf und hielt mich zurück.

»Schon gut. Du musst doch lernen, oder?«

Sein Grinsen beruhigte mich allerdings nicht, im Gegenteil. »Bist du sicher?«, fragte ich noch ein paar Mal, doch Akira lehnte jede Hilfe entschieden ab und ging ins Nebenzimmer, um eine Leiter und die neue Leuchtstoffröhre zu holen, die er anbringen sollte.

Auf dem Weg zurück fing er vergnügt an zu pfeifen, was meine ungute Vorahnung nur verstärkte.

»Fall bitte nicht herunter, okay?«, sagte ich besorgt. »Soll ich nicht doch lieber an deiner Stelle ...?«

»Nein, sei still!«, schnauzte Akira mich noch einmal an.

Ich konnte also nur skeptisch dabei zusehen, wie er die Leiter bestieg. Seine Handgriffe sahen ungeübt aus, als er die Leuchtstoffröhre zu wechseln begann – und ich war mir sicher, dass es keine Einbildung war. Aber weil Akira darauf bestand, dass ich lernen sollte, versuchte ich, wieder in mein Heft zu schauen. Lange hielt ich das nicht durch. In einer Situation wie dieser konnte ich mich echt nicht auf Mathe konzentrieren.

Ich schaute also wieder hoch und machte mich bereit, jederzeit einzugreifen, falls es nötig werden sollte. Insgeheim betete ich dafür, dass Akira nicht von der Leiter herunterfallen möge. Wäre ich im Besitz psychokinetischer Kräfte, dann hätte ich sie jetzt garantiert angewendet, um ihn oben festzuhalten ... Aber weil ich keine solchen Fähigkeiten besaß, blieb mir nur zu hoffen, dass alles gutging.

Es dauerte eine Weile, aber dann hatte Akira die Leuchtstoffröhre erfolgreich ausgetauscht. Triumphierend reckte er sein Kinn in die Höhe und schaute zu mir herunter.

»Na, siehst du? Hab ich's doch gesagt, ich kann d...woaah?!«

Sein Körper begann zu kippen.

Ich reagierte blitzschnell, noch bevor ich nachdenken konnte. Ich griff nach Akiras Hand, in der er die alte Leuchtstoffröhre hielt, und fing ihn auf.

In meinem Kopf hörte ich ein Klirren, doch zum Glück war es nur ein Phantomgeräusch gewesen – ich hatte verhindert, dass die Leuchtstoffröhre auf den Boden gefallen und zersplittert war. Auch war Akira nicht gestürzt und hatte sich nicht an den möglichen Scherben der Leuchtstoffröhre verletzt. Ich atmete auf. Die bloße Vorstellung, dass Akira etwas hätte zustoßen können, trieb mir den Angstschweiß in die Stirn.

»D... Danke«, murmelte Akira und bekam rote Ohren.

Das fand ich so süß, dass ich unwillkürlich grinsen musste. »Ach, kein Problem«, gab ich so ernst wie möglich zurück, um nicht laut loszuprusten.

Das schien Akira nicht zu entgehen. »Lach nicht«, knurrte er verärgert.

»Ich lache gar nicht ... Ich hab mir nur gedacht, dass es am Ende doch so gekommen ist, wie ich es vorausgeahnt hatte.«

Darauf erwiderte Akira nichts, sondern verharrte still in meinen Armen. Ein bisschen erinnerte er mich an einen kleinen Vogel, der aus seinem Nest gefallen und nun ganz verängstigt war.

»Mach so was bitte nie wieder ... Ich hab deinetwegen fast einen Herzstillstand erlitten«, mahnte ich.

Akira zog ein beschämtes Gesicht und nickte. Es war ein leicht seltsames Gefühl, ihn so zu halten. Völlig anders, als wenn ich meine kleinen Brüder umarmte.

Ich konnte die Muskeln seines sportlichen Körpers unter der Kleidung spüren und die weichen, gut durchbluteten Lippen waren verführerisch nah vor meinen Augen. Die leicht gelockten braunen Haare standen ihm vom Kopf ab, als wollten auch sie mir sagen:

Nur zu, komm, gib dich hin und vergiss deinen Verstand ... All diese Sinneseindrücke ließen mein Herz schneller pochen und ich begann zu ahnen – oder fast schon zu wissen –, dass ich gleich etwas tun würde, das sich nicht mehr rückgängig machen ließ. Jedenfalls, wenn Akira weiterhin so in meinen Armen blieb.

»G... Geh besser weg ... Sonst küsse ich dich gleich«, raunte ich.

Zu mehr war ich gerade nicht in der Lage. Immerhin hatte ich Akira so gewarnt, sodass es nicht wie beim ersten Mal in einem Gefühlsausbruch mit halber Nötigung enden musste. Ich wartete und hoffte, dass Akira sich von mir entfernen würde. Aber er tat nicht den erlösenden Schritt von mir weg.

»Schon okay«, meinte er stattdessen nur.

»Hä ...?«

Als ich merkte, wie er eine Hand auf meinen Arm legte, sah ich ihn verwundert an. Sein Gesicht befand sich etwas niedriger, aber nur ein kleines Stück vor meinem. Gleich würde mein Verlangen überhandnehmen. Mir wurde beinahe schwarz vor Augen und ich wollte Akira am liebsten dafür verfluchen, dass er so etwas mit mir machte.

»Wenn du mich küsst ...«, hörte ich ihn da ganz leise murmeln.

»Hä?«, machte ich noch einmal.

»Es wär schon okay, wenn du mich küsst ...«

»Hä?«

»Mann, du hast es doch gehört!!«, rief Akira laut und schlug mir mit seiner anderen Hand auf den Kopf.

Ich nahm den Schlag fast gar nicht wahr und es machte mich nicht einmal wütend. So krass war das, was Akira eben gesagt hatte.

»I... Ich hab das ernst gemeint«, warnte ich vorsichtshalber noch einmal. Vor lauter Aufregung und heimlicher Freude klang ich ungewollt etwas wütend.

»Davon bin ich ausgegangen«, brummte Akira.

Ich schluckte nervös.

»Ich meine, nur mal zur Probe. Also, na los!«

Was wohl der Unterschied zwischen einem Kuss zur Probe und einem richtigen war? Diese Frage stellte ich jetzt aber nicht laut, denn sonst könnte Akira es sich womöglich anders überlegen und die soeben erteilte Erlaubnis zurückziehen. Ich beschloss, dass er wahrscheinlich einen kurzen und nicht zu heftigen Kuss meinte – und ging zur Handlung über.

Vorsichtig umfasste ich Akiras Kinn. Er schloss langsam die Augen, seine Wimpern zitterten. Was er in diesem Moment wohl dachte? Und durfte ich ihn tatsächlich küssen? Durfte ich diese Lippen berühren, nach denen ich mich die ganze Zeit so gesehnt hatte ...?

Bevor Akira es sich wirklich noch anders überlegte, drückte ich meinen Mund sanft auf seinen und nahm ihn dann schnell wieder weg. Nachdenken konnte ich später noch. Jetzt hielt ich mich nur mit aller Kraft davon ab, einen Zungenkuss draus zu machen.

Obwohl die Berührung nur kurz gewesen war, breitete sich sofort ein wohliges Gefühl in meiner Brust aus. Akiras Lippen waren traumhaft weich. Fast glaubte ich sogar ein bisschen, ich hätte es wirklich nur geträumt.

»Und ... wie war es?«, fragte ich mit belegter Stimme.

Die Frage war sicher dämlich, aber eine andere fiel mir nicht ein. Mein Herz fing mit einiger Verspätung an, heftig zu schlagen. Ich musste gerade echt wie ein Idiot wirken.

Akira wiederum sah mich an, als würde er gleich anfangen zu weinen. Dennoch lag auch eine gewisse Ernsthaftigkeit in seinem Blick.

»Also, um es kurz zu sagen ... Ich fand's gut«, meinte er leise und wurde knallrot.

»Gut?«, wiederholte ich.

Durfte ich wagen, es ihm zu glauben? Hatte er das wirklich so gemeint? Denn das würde mich überglücklich machen. Ich starrte ihn an, noch unfähig zu hoffen. Nur mein Herz schwoll bereits an, als wüsste es, was Akira gleich sagen würde ...

»Shin ... bist du immer noch in mich verliebt?«

Mein Herz setzte fast kurz aus, als ich das hörte. Ich holte einmal Luft, dann erwiderte ich Akiras Blick und sagte: »Ja ... Natürlich bin ich das immer noch, total.«

Ich legte so viel Gefühl wie möglich in die Antwort und hoffte, dass Akira merkte, wie ernst es mir war.

»Okay.« Akira räusperte sich, bevor er vorsichtig zurückgab: »Dann kann ich von mir aus mit dir gehen ... Das heißt, erst mal zur Probe, versteht sich.«

Mir fehlten vor Überwältigung die Worte.

Hatte er tatsächlich gesagt, dass er mit mir zusammen sein wollte? Na ja, oder zumindest, dass er nicht mehr dagegen war? Ich schien mich nicht verhört zu haben. Als ich das realisierte, wurde mein Körper plötzlich schlapp und ich sackte zusammen.

»H... Hey, Shin?! Alles okay mit dir?«, rief Akira erschrocken, als ich umkippte und auf den Boden fiel. »D... Du stirbst doch jetzt nicht, oder?!«

Aber ich konnte nicht antworten. Ich schaffte es nur dazuliegen und an die Decke zu starren. Mein Gesicht war vor lauter Freude sicher total komisch verzogen. Nach einer Weile brachte ich die Kraft auf, mir eine Hand über den Mund zu legen, bevor ich laut loslachte. Sterben? Ich? Nein. Für eine Beziehung mit Akira würde ich noch tausend Jahre oder länger leben.

Ich konnte mein Glück kaum fassen und fühlte mich auch später noch wie in Trance, als ich nach Hause kam. Ich vergaß völlig, dass ich an diesem Tag mit Kochen dran war, und musste mir dafür die Schelte meiner jüngeren Geschwister anhören. Doch ich war im siebten Himmel und heute Abend konnte nichts meine Stimmung trüben.

Akira hatte zwar gesagt, dass es nur zur Probe sei, aber wir waren jetzt trotzdem ein Paar.

In den darauffolgenden Tagen zeigte ich ihm auf jede nur erdenkliche Art meine Liebe. Ich hatte auch den Eindruck, dass er das mochte, und das spornte mich an, weitere Schritte in die Wege zu leiten. Wozu warten, wenn uns eh nicht mehr viel gemeinsame Schulzeit blieb?

Deshalb fragte ich Akira, ob er am Wochenende einmal zu mir nach Hause kommen wollte.

Akira wurde direkt rot – er verstand, wie ich diese Einladung meinte.

»Hmm ... Meinetwegen kann ich dich ja mal besuchen kommen«, brummte er kaum hörbar. Aber immerhin war es eine Zusage.

Wir machten also den nächsten Sonntag aus.

Es war schon Anfang Februar und etwas wärmer geworden, obwohl der Frühling natürlich noch in weiter Ferne lag. Ab morgen mussten die Zwölftklässler nicht mehr zum Unterricht erscheinen und somit würde ich Akira kaum noch in der Schule sehen. Auch dies war ein Grund, wieso ich unsere Beziehung mit diesem Date voranbringen wollte.

Als er klingelte und ich ihn in mein Zimmer führte, machte er einen ziemlich nervösen Eindruck auf mich. Sein Blick wanderte unruhig umher, möglicherweise weil er registriert hatte, dass wir allein waren. Ich hatte eine sehr große Familie, doch heute war keiner von ihnen da.

Ich verriet Akira lieber nicht, wie schwer es gewesen war, sie alle aus dem Haus zu bekommen: meine Eltern, meine Oma und meinen Opa und dann natürlich meine vielen Geschwister. Ich hatte mir ganz schön was einfallen lassen müssen. Aber ihm davon zu erzählen, käme sicher uncool rüber und so behielt ich es für mich.

Ich stellte zwei Tassen Tee auf den Tisch und Akira begann sogleich an seinem zu schlürfen. Dann atmete er ein wenig durch.

»S... So sieht also dein Zuhause aus, was? Ist bestimmt toll, wenn man so viele Geschwister hat, auch wenn sie gerade alle nicht da sind ... Da wird's bei euch sicher nie langweilig, was? Ich glaube, euch wird hier echt nie langweilig ... weil, na ja ... ist doch toll, so viele Geschwister zu haben, oder? Ihr habt sicher immer ganz viel Spaß ... und so ... ha ha ...«

Akira verstummte, als er merkte, dass er nichts Sinnvolles sagte und sich nur wiederholte.

»Du hast recht, langweilig wird's hier nie«, gab ich kichernd zurück. Dann streckte ich meine Hand aus und zog Akira zu mir auf den Schoß. Das hatte ich in letzter Zeit schon ein paar Mal getan, wenn wir allein gewesen waren. Geküsst hatten wir uns nach dem einen Mal noch nicht wieder, aber zumindest akzeptierte Akira die körperliche Nähe, ohne sich gleich zu beschweren.

Ich fuhr mit der Nase über Akiras Nacken und atmete seinen Geruch ein. Er roch nach Winterluft und sein Körper fühlte sich auch recht kalt an. Kein Wunder, war er doch gerade erst von draußen hereingekommen. Ich bekam den Wunsch, ihn zu wärmen, und legte meine Hände um seine. Sie waren kleiner als meine, aber dennoch spürbar kräftig – eindeutig die Hände eines jungen Mannes.

Ich wusste nicht, ob ich so auf Akira stand, weil er ein Junge war. Wenn ich ehrlich war, dann wusste ich eigentlich gar nicht, was der Unterschied zwischen dem Verliebtsein in ein Mädchen oder einen Jungen war. Es war mir auch egal. Ich wollte jetzt Akira und sonst niemanden.

»Wir sind schon fast zwei Wochen zur Probe zusammen, nicht wahr?«, sagte ich leise.

»J... Ja ...«

Ich hob Akiras rechte Hand an und fuhr mit meinen Fingern zwischen seine. Die Zwischenräume waren verhornt, als seien ihm dort Schwimmhäute gewachsen. Ich wusste, dass das bei Schwimmern üblich war, ich selbst hatte auch noch solche Schwielen zwischen meinen Fingern. Als ich sie jetzt bei Akira spürte, überkam mich der Drang, sie zu liebkosen. Bedächtig fuhr ich noch einmal zwischen Zeige- und Mittelfinger entlang, dann zwischen Mittel- und Ringfinger, schließlich zwischen Ringfinger und kleinem Finger. Akira stieß leise Luft aus, was fast wie ein Stöhnen klang. Ich fand das unglaublich schön.

Noch widerstand ich dem Drang, über ihn herzufallen, und zeichnete lediglich sanft mit einem Finger die Adern auf seinem Handrücken nach.

»Und wie fandest du unsere gemeinsame Zeit bisher so?«, hauchte ich von hinten in sein Ohr.

Akira zuckte in meinem Arm leicht zusammen, fast wie ein kleines Tier, das von einem hungrigen Raubtier gefangen worden war.

»I... Ich glaube, es war nicht schlecht ... Dein Essen schmeckt mir jedenfalls immer super und du meldest dich oft bei mir ... Das Reden mit dir macht Spaß und so ... von daher ...«

»Das freut mich«, meinte ich und lächelte erleichtert.

Akira linste kurz zu mir und seine Lippen regten sich, als wolle er noch etwas sagen – aber dann schloss er sie wieder und blieb still.

»Was ist denn?«, fragte ich auffordernd.

Ich fühlte, wie seine Hände sich anspannten, und umschloss sie noch etwas fester. Zum Glück war sein Körper inzwischen warm geworden. Auf einmal drehte Akira sein Gesicht komplett zu mir herum – es war rot angelaufen.

»I… Ich bin halt voll nervös, auch wenn du das nicht verstehst!«

Das war zu viel für mein Herz. Akira sah so schrecklich süß aus, als er das sagte, dass sich alles in mir zusammenzog. Ich konnte nicht anders, als übers ganze Gesicht zu strahlen.

»Doch, ich verstehe das … Mir geht's nämlich genauso.«

»Was? Dir auch?«, fragte Akira überrascht. Damit hatte er offenbar nicht gerechnet, was mich wiederum überraschte. Hatte ich so ruhig gewirkt?

Ich bekam Lust, mich einmal durch Akiras Augen zu sehen und zu erleben.

Er schaute mich prüfend an und hakte nach: »Echt? Bist du wirklich auch nervös?«

»Ja, bin ich. Wieso sollte ich dich bei so was anlügen?«

»Na ja, ich meine nur … Hey, warte, lass mich doch mal sehen.«

Völlig unerwartet legte Akira mir eine Hand auf die Brust. Es war das erste Mal, dass er mich von sich aus berührte. Mein Herz schlug sofort noch heftiger.

Seine Hand berührte zwar nur meinen Pullover, doch es fühlte sich an, als sei da nichts zwischen ihr und meiner Haut. Genauso war es eigentlich schon immer zwischen Akira und mir gewesen – er hatte mit seiner unschuldigen und zugleich draufgängerischen Art meine Grenzen seit jeher mit Leichtigkeit überwunden …

»Dein Herz schlägt ja wie verrückt«, stellte er nun fest. »Unglaublich, du siehst aus wie die Ruhe selbst, aber in Wahrheit bist du auch aufgeregt, was? Oh Mann. Na ja, okay … Liegt wohl auch daran, dass du ein Jahr jünger bist als ich, ha ha! Dann muss ich als der Ältere von uns wohl …«

Doch weiter ließ ich Akira nicht kommen. Was war das für ein blöder Gedanke, den er da hatte? Nur weil ich jünger war als er, hieß das gar nichts.

Sanft stieß ich ihn um, damit er auf den Boden fiel, der mit einem weichen Teppich ausgelegt war. Trotzdem fing ich seinen Kopf mit einer Hand auf, damit er sich nicht verletzte.

Akira blinzelte mich verwirrt an, als verstünde er nicht, was geschehen war.

»Darf ich dich küssen?«, fragte ich zur Sicherheit, während mein Herz so laut hämmerte, dass ich es bis in meine Ohren spürte.

»Was? Äh ...«

»Wehe, du sagst Nein! Dann heule ich!«, rief ich. Nichts wünschte ich mir gerade sehnlicher als ein Ja von ihm. »Komm schon ... Sag's mir, Akira ...«

Ich fühlte mich wie ein Hund, der trotz des Befehls seines Herrchens nicht stillsitzen konnte, weil er die Leckerei in dessen Hand so sehr wollte. Ich strich mit den Fingern über Akiras Augenwinkel, die leicht gerötet waren. Verlegen wandte er den Blick ab und krallte sich mit einer Hand in meinen Pullover.

»Musst du es ... denn unbedingt hören? Ist das nicht eh klar in dieser Situation? Du Idiot«, murmelte er zum Schmelzen süß an meinem Ohr.

Sein empörter Gesichtsausdruck hatte etwas so Anziehendes, dass ich meine Hand fest an seine Wange schmiegte – und ihn einfach küssen musste.

Unsere Lippen berührten sich nur leicht und entfernten sich dann wieder voneinander. Mein Herz flatterte zu sehr, als dass ich hätte sagen können, wie der Kuss sich angefühlt hatte. Ich merkte nur, wie ein unglaubliches Glücksgefühl meinen Körper flutete. Akira war bei mir. Und er gehörte mir. Mir ganz allein.

»Shin ...« Akira blickte zu mir auf. Seine Augen waren feucht und sein Blick verriet mir, dass auch er mehr wollte. »I... Ich fass dich jetzt auch an ...!« Seine Stimme klang belegt und etwas trotzig.

Ich konnte nur stumm nicken. Eigentlich war es niedlich, wie er seine Verlegenheit überspielte. Aber gerade empfand ich nichts außer Verlangen.

Akiras Finger näherten sich meinem Bauch und schoben meinen Pullover ein wenig hoch. Sofort baute sich ein Druck in meinem Unterleib auf. Gefühle, die ich noch nie für einen Menschen empfunden hatte, drängten darauf, herausgelassen zu werden.

»Bist du sicher ... dass du weitermachen willst?«, fragte ich heiser und griff nach Akiras Handgelenk. Wenn wir jetzt nicht aufhörten, gab es kein Zurück mehr.

»Hör endlich mit diesen blöden Fragen auf, du Idiot ...« Akira zog mich an sich – und ich presste meine Lippen auf seine.

Mir kamen vor lauter Freude nun auch die Tränen. Ich wollte Akira berühren, von ihm berührt werden, wollte ihn verwöhnen, ihn Haut an Haut spüren und so weiter. Nichts auf der Welt außer uns beiden zählte mehr.

Ich fuhr mit der Hand durch Akiras braune Haare und küsste ihn wieder, diesmal intensiver. All meine Sinne konzentrierten sich nur auf ihn. Nachdem ich lange genug an seinen Lippen gehangen hatte, überschüttete ich seinen Kopf und Hals mit Küssen. Ich spielte mit dem Daumen an seinem Ohrläppchen herum, dann wanderte meine Hand über seine Wange und fand an seiner vollen Unterlippe Gefallen. Als ich zärtlich drüberfuhr, spürte ich, wie Akiras Körper erschlaffte. Das entfachte meinen Trieb nur noch mehr. Mein Herz, mein Körper, alles brannte vor Begierde und drohte zu explodieren. Er hatte mich hoffnungslos in seinen Bann gezogen.

Ich unterdrückte die wildesten Impulse, denn eigentlich wollte ich ihn noch sanfter, noch liebevoller berühren ...

Doch gerade als ich seine unwiderstehlichen Lippen erneut küssen wollte, wandte Akira den Kopf von mir ab – und schaute aus irgendeinem Grund verärgert.

Hatte ich etwas getan, das ihm nicht gefallen hatte? Besorgt sah ich ihn an und versuchte, den Grund für seine Verstimmung zu erkennen.

»Akira ...? Was ist? Hat dir irgendwas nicht gefallen?«

»N... Nein, das ist es nicht ... Ich dachte mir nur gerade, dass du wohl schon Erfahrung hast. Aber ich mach das alles zum ersten Mal ...«

Ich fühlte mich so überwältigt, dass ich vor Freude lachen musste. Wenn Akira zu dem Schluss gekommen war, hatte ich wohl alles richtig gemacht.

»Ich hab mit niemandem außer dir Erfahrungen gesammelt«, sagte ich ihm.

Akiras Augen weiteten sich vor Überraschung und er versuchte, etwas zu sagen – aber weil seine Lippen sich dabei auf eine so verlockende Weise öffneten, musste ich sie direkt wieder mit einem Kuss verschließen.

»Mmh ...«

Dann fing ich an, Akira weiter zu erkunden. Wie sah er wo aus? Welche Farbe hatte er? Wie schmeckte er? Ich schärfte meine Sinne, um mir jedes Detail zu merken und alles, was ich sah, auf meiner Netzhaut einzubrennen. Diese Intimität mit Akira war so schön, wie ich sie mir niemals hätte erträumen können.

Und er nahm meine Berührungen nicht bloß an, er forderte sie sogar ein. Zu merken, wie er mich begehrte, war für mich das schönste Gefühl der Welt.

Zwischen mehreren heißen Küssen fing ich an, Akiras Pullover hochzuschieben und legte meine Hand direkt auf seinen nackten Rücken. Auch hier war seine Haut unglaublich weich. Ich fuhr mit den Fingern jeden Wirbel entlang, bevor ich langsam in Richtung Brust wanderte. Akira stöhnte leise.

»Uh … Aaah …«

Genau in dem Moment –

»Shin …!«

Ich hielt abrupt in der Bewegung inne, als ich plötzlich meinen Namen hörte.

»Shin …!«

Wieder rief mich jemand. Aber wer? Ich richtete mich langsam auf.

Da erschien ein Bild vor meinem inneren Auge. Es war ein Mann, der fast genauso aussah wie Akira, nur ein klein wenig anders. Ich erinnerte mich wieder an den Traum, den ich vor ein paar Monaten gehabt hatte, als ich unerklärlicherweise draußen im Schnee eingeschlafen war. Da hatte ich diesen Mann auch gesehen. Er hatte vor einer alten, heruntergekommenen Wäscherei gestanden und mir zugewunken.

Seine Haare waren etwas länger als bei dem Akira gewesen, den ich kannte. Er hatte ein verschmitztes Lächeln gehabt und ein T-Shirt mit der Aufschrift *SUSHI* getragen, das mir merkwürdig bekannt vorkam. Seine Füße hatten in ausgelatschten Sandalen gesteckt, die Wangen waren leicht gerötet gewesen und in seinen Augenwinkeln hatten sich beim Lachen dezente Fältchen gebildet.

Ich war verwirrt. Eine Stimme sagte mir, dass ich diesen Mann kannte. Ich presste eine Hand an meine pochende Schläfe.

»Shin …?« Während ich mich aufrichtete, griff Akira nach meinem Pullover und murmelte mit einem sexy Blick: »Willst du etwa doch nicht …?«

Oh doch, wie sehr ich es wollte. Und dass Akira mich das fragte, ließ meinen Körper regelrecht in Ekstase geraten. Ich wollte am liebsten sofort wieder über ihn herfallen und alles mit ihm machen ... Aber das Bild des erwachsenen Akira blieb hartnäckig vor meinen Augen.

»Shin ...!«

Die Stimme kam mir seltsam vertraut vor.

»Die Jugend von heute sprießt ganz schön in die Höhe. Wie groß bist du?«
»Hey, Shin!«
»Dann verrat mal: ich oder die Jump? Was macht mehr Spaß?«
»Zum Beispiel, dass ich gerne einen großen Schwanz in meinem Hintern spüren würde ...«
»Es ist nicht so, dass ich's verheimlichen wollte. Ich bin schwul.«
»Ehrlich gesagt hab ich ... uns schon die ganze Zeit für Freunde gehalten.«
»Du bist wirklich beeindruckend, Shin. Du konntest einfach so sagen, dass du mich liebst ... und sprichst Dinge direkt an.«

Erinnerungen, die tief in mir schlummerten, drängten auf einmal in mein Bewusstsein. Wie hatte ich das alles nur vergessen können? Ich berührte das geflochtene Armband an meinem Handgelenk. Jetzt wurde mir auch klar, wieso ich das starke Gefühl gehabt hatte, dass ich es nicht abnehmen dürfe. Ich hatte es nämlich von ihm bekommen. Von dem echten ...

»Hier, guck mal. Es sind zwei Armbänder. Ich schenk dir eins.«

Ja, ich hatte es von ihm bekommen. Von dem Akira Minato, in den ich schon immer verliebt war.

»Es tut mir leid ... Minato«, sagte ich heiser.

Ich zog ihn vom Boden hoch, brachte seine Kleidung in Ordnung. Weiter konnte ich an dieser Stelle nicht mit ihm gehen.

»Wa... Was ist, Shin? Ich dachte, wir ... Ah ... Ach so. Du stehst wohl doch nicht auf mich? Okay, das hätte mir von Anfang an klar sein müssen ... Ein Kerl wie du würde sich nicht in mich verlieben ...«

Der zehn Jahre jüngere Minato vor mir hatte Tränen in den Augen, während er mich anklagte. Mein Herz zog sich schmerzhaft zusammen. Ich nahm ihn fest in meine Arme – und entschied mich, ihm die Wahrheit zu sagen.

»Du hast recht. Ich liebe jemand anderen ... Aber das bist gewissermaßen auch du. Nur, dass es dein zehn Jahre älteres Ich ist.«

»Hä?«

»Ja. Der Minato, den ich kenne, ist schon um die dreißig, eine sorglose Frohnatur, manchmal echt schreckhaft, aber total lieb ... So bist du und dafür liebe ich dich.«

»Wa... Was redest du da?! Ich kapier nichts davon ...!« Der junge Minato griff nach einem Kissen und begann, mich damit zu schlagen. Ich ließ es zu. Von ihm geschlagen zu werden, machte mir nichts aus, das konnte er so viel tun, wie er wollte. Was mich gerade schmerzte, war nur, dass ich ihn schon wieder zum Weinen gebracht hatte. Obwohl es ein Traum war, wollte ich nämlich nicht, dass Minato meinetwegen weinte.

»Minato ... Es tut mir leid. Aber ich muss jetzt leider gehen.«

Mir war jetzt mehr als deutlich bewusst, dass ich mich in einem Traum befand. Außerdem hatte das Armband begonnen zu leuchten. Das hieß, dass es wahrscheinlich gleich vorbei sein würde.

»Boah, hast du mich die ganze Zeit bloß verarscht?«, rief Minato aufgebracht. »Na toll, und ich ... Dabei hab ich doch endlich begriffen, dass ich was mit dir anfangen will! Wieso tust du mir das an?!«

In jeder anderen Situation wäre ich unglaublich froh gewesen, so ein Geständnis von ihm zu hören. Sanft legte ich meine Hände an seine Wangen und lächelte ihn an.

»Keine Sorge«, sagte ich, als würde ich ein kleines Kind beruhigen. »Wir sehen uns wieder. Das verspreche ich dir ... Ich liebe dich und darum komme ich zu dir zurück.«

Ich küsste ein paar Tränen aus Minatos Augenwinkeln. Als ich aufstehen wollte, packte er mich und küsste mich auf den Mund. Das überraschte mich so sehr, dass ich für einen Moment das Atmen vergaß. Wir küssten uns ein letztes Mal ausgiebig, bis Minato schließlich auch klar zu werden schien, dass es vorbei war.

»Okay. Ich werde auf dich warten ... Ob zehn Jahre oder wie lange auch immer. Ich werde warten, also komm gefälligst zurück!«

»Ja. Das verspreche ich dir ...« Ich schluckte meinen Schmerz herunter und nickte kräftig.

»Ah, Shin! Dein Armband ...« Minato zeigte auf mein Handgelenk.

Genau in dem Moment lösten sich die blauen und weißen Fäden voneinander und das Armband fiel auf den Boden. Die Fäden leuchteten jedoch weiter und das immer stärker. Ihr Licht blendete mich bald so sehr, dass ich die Augen zukneifen musste.

Und dann verschwand alles.

Ich hatte geträumt, dass Minato auch ein Highschool-Schüler war.

Als ich aufwachte, schaute ich mich sofort nach Minato um. Zum Glück saß er noch neben mir und schlief, den Kopf an meine Schulter gelehnt. Ich atmete auf und ordnete seine vom Wind zerzausten Haare.

Hanabusa und die anderen spielten wieder Fußball, ich hörte ihre lachenden Rufe herüberdringen. Das Armband war nicht mehr an meinem Handgelenk, sondern lag zerrissen in meinem Schoß.

Hatte ich es wirklich dem Armband zu verdanken, dass ich in meinem Traum Minato als Schüler begegnet war? Ich nahm das

Armband in die Hand und steckte es in meine Hosentasche. Auch wenn es kaputt war, wollte ich es als Andenken behalten.

Es war schon ein seltsamer Traum gewesen. Ich fühlte mich, als hätte ich die Zeit mit Minato als Highschool-Schüler wirklich erlebt. Obwohl seit meinem Einschlafen nur etwa dreißig Minuten vergangen sein dürften, kam es mir vor, als sei ich tagelang weg gewesen.

Ich schaute Minato noch einmal an, um mich zu vergewissern, dass er echt war. Wie gern würde ich jetzt seine Stimme hören ...

Kaum hatte ich das gedacht, wehte ein kalter Windstoß durch Minatos Haare und er schlug langsam die Augen auf. Hatte er meinen Gedanken gehört?

»Na, hattest du einen schönen Traum, Minato?«, fragte ich.

»Woah?!«, rief Minato. Ich hatte ihn wohl ziemlich erschrocken. Als ich daraufhin kicherte, murmelte er verlegen: »Sorry.«

Dabei richtete er sich auf und wischte sich rasch über den Mund. Ich erinnerte mich sofort daran, wie wir uns geküsst hatten.

Ich konnte immer noch fühlen, wie seine Lippen im Traum geschmeckt hatten, wie ich mit der Hand durch seine weichen Haare gefahren war und so weiter ... Wie der süßsaure Nachgeschmack einer saftigen Frucht schwebten diese Eindrücke noch eine Weile in mir, so, als hätten wir all diese Dinge wirklich getan.

Epilog

Die Kartoffeleintopf-Party war vorbei und alle hatten sich schon verabschiedet. Es war dunkel geworden und die ersten Sterne leuchteten am Himmel.

Als ich Minato nach Hause bringen wollte, reagierte er zuerst wütend darauf und meinte, dass er derjenige sei, der mich nach Hause bringen müsse. Weil ich mich aber um ihn sorgte und stur blieb, gab er letztendlich nach und wir machten uns auf den Weg zu seiner Wohnung.

»Es ist ganz schön kalt geworden, was?«, seufzte Minato.

Sein Atem bildete beim Verlassen der Nase zwar keine weißen Wölkchen, aber in ein paar Tagen würde es dafür sicher kalt genug sein. Der Winter hielt allmählich Einzug.

»Danke für die Einladung zu der Party heute«, sagte ich.

Wir standen bereits vor seinem Wohnhaus – viel zu schnell waren wir angekommen.

Minato kratzte sich verlegen am Kopf und erwiderte: »Ach, das war doch keine große Sache ... Hauptsache, es hat dir Spaß gemacht. So, und jetzt solltest du auch nach Hause gehen!«

Im weißen Licht der Straßenlaterne wirkte sein Gesichtsausdruck ein wenig einsam. Ich spürte ein Ziehen in meinem Herzen.

Als ich Minato nach diesen zehn langen Jahren endlich wiedergetroffen hatte, war ich so froh darüber gewesen, dass mir die eine Begegnung wahrscheinlich schon gereicht hätte. Aber dann hatten wir angefangen, regelmäßig miteinander zu reden, und dabei hatte wohl die Gier von mir Besitz ergriffen. Ich wollte mehr und mehr, nie verbrachte ich genug Zeit mit ihm. Am liebsten wollte ich den Rest meines Lebens nur bei ihm sein.

Heute fiel mir das Verabschieden besonders schwer. Vielleicht, weil wir den ganzen Tag zusammen verbracht hatten. Ich trat einen Schritt auf Minato zu und berührte vorsichtig seine linke Hand.

Zu meinem Erstaunen zog er sie nicht zurück. Die Hand fühlte sich etwas rauer und trockener an als die des zehn Jahre jüngeren Minato im Traum.

»Weißt du was? Ich hab vorhin etwas geträumt ... und zwar, dass du auch noch Highschool-Schüler bist«, sagte ich.

Ich wollte heute nicht nach Hause gehen, ohne ihm das gestanden zu haben. Minato sog erschrocken die Luft ein, als er das hörte.

»E... Echt?«, stammelte er. »A... Aber wir sind doch nicht etwa in dieselbe Klasse gegangen, oder ...?!«

»Wieso fragst du so, als wäre das ein Problem?«

»D... Das wäre es natürlich nicht, aber jetzt sag schon, was hast du geträumt?!«

»Also, in meinem Traum bist du in die zwölfte Klasse gegangen, und ich halt in die elfte ...«

Das schien Minato zu beruhigen. Er schaute in den dunklen Abendhimmel hinauf und sagte dann: »Okay, wir hatten also nicht den gleichen Traum ... Puh, hast du mich erschreckt.«

»Hab ich das? Was hast du denn geträumt?«, fragte ich nun sehr interessiert.

Doch Minato schüttelte den Kopf so heftig, als müsse er ein riesengroßes Geheimnis für sich behalten.

»Das erzähl ich dir niemals!«, rief er entschieden.

Das weckte meine Neugier selbstverständlich noch mehr, aber Minato blieb unnachgiebig.

»Sag mir lieber, was genau du geträumt hast«, forderte er wieder.

»Na ja, also ...« Ich schluckte und hielt kurz inne, weil mich plötzlich Schuldgefühle überkamen.

»Ich hab geträumt, dass du dich in mich verliebt hast«, sagte ich schließlich.

»Was?!«

»Es tut mir leid, Minato ... Aber wir haben im Traum ein bisschen miteinander rumgemacht. Verzeih mir das bitte, okay?«

Ich hatte auf einmal das Gefühl, dass ich den echten Minato betrogen hatte. Dem war natürlich nicht wirklich so, schließlich war es nur ein Traum gewesen und ich hatte mich darin auch in Minato verliebt, nur in einen zehn Jahre jüngeren. Ich hatte ihn jedoch geküsst und angefasst, ohne die Erlaubnis des realen Minato zu haben. Deswegen fühlte ich mich jetzt schuldig.

Aber weil ich keine Geheimnisse vor ihm haben wollte, hatte ich es ihm nun gesagt. Minato starrte mich an, als könne er den Sinn meiner Worte nicht gleich erfassen.

Irgendwann schien es aber doch bei ihm anzukommen und er japste schrill: »D... Du hast dich im Traum an mir vergriffen?! Also, Shin ...! So etwas geht doch nicht, du solltest dich schämen! Das stellst du dir bitte nicht einmal im Traum vor, hörst du?!«

Die schöne Atmosphäre, die vor einem Moment geherrscht hatte, war wie weggeblasen. Minato schlug meine Hand fort und ich wurde sauer – auch, weil ich fand, dass seine Worte gerade zu heftig gewesen waren.

»Du hast mich doch im Traum selbst angefasst und mir damit signalisiert, dass ich ...«

Weiter kam ich jedoch nicht, denn Minato legte mir blitzschnell seine Hände auf den Mund und verschloss ihn.

»Mmh?!«

»Du sagst heute gar nichts mehr, kapiert?!«

Der Unterschied zwischen dem echten Minato und dem in meinem Traum hätte nicht größer sein können. Während Letzterer sich mir nach einiger Zeit zugewandt und sich hingegeben hatte, blieb der ältere Minato in dieser Welt stur und wollte nichts wissen, auch nichts von seinen eigenen Gefühlen. Aber weil ich ihn nun einmal so liebte, wie er war, konnte ich mich nicht beschweren.

Die Wut in mir klang ab, ich gab den Protest auf und grinste ein wenig unter Minatos Hand – dann leckte ich schnell mit der Zunge an ihr.

»Huah ...?!« Minato fuhr vor Schreck zurück.

Es war zwar nur flüchtig gewesen, aber ich hatte seine Hand geschmeckt. Und dabei hatte ich wieder den Geruch nach frischem Blattgrün wahrgenommen. Sofort verspürte ich Lust, die Szene aus dem Traum mit dem echten Minato fortzusetzen ... Leider fauchte der mich jedoch wie eine Katze an, sprang drei Schritte zurück und blieb zitternd stehen.

»Wa... Was hast du da gerade getan?! D... Du ... hast mich angeleckt?! Wie kannst du es wagen, du kleiner Perversling?!«

»Ja, ich hab dich kurz angeleckt«, erwiderte ich. »Na und? Dann bin ich halt pervers, weil ich mir Dinge mit dir vorstelle ... Was dagegen?«

Minato wurde rot, als ich so frech reagierte. Er streckte seinen Finger vor und rief: »D...D... Du bist echt ein verdammt notgeiler Bock, weißt du das?! Jetzt hab ich endlich Gewissheit darüber!«

»Ein notgeiler Bock? Wieso denn ausgerechnet das?«

»Weil du ein notgeiler Bock bist, ich weiß auch nicht warum!«, brüllte Minato.

Zur Beschwichtigung und um das Thema etwas umzulenken, fragte ich daraufhin: »Okay, willst du mir vielleicht auch sagen, was du geträumt hast?«

Das interessierte mich nämlich immer noch. Minatos Stimmung änderte sich schlagartig, er wurde still und wandte den Blick ab.

»Auf gar keinen Fall«, knurrte er dann.

»Ach, komm, das ist jetzt aber kindisch! Bist du hier nicht der Erwachsene von uns?«

»Wie war das?!«

Ich musste lachen. Minato hatte genau wie erwartet reagiert und ich hatte Lust bekommen, ihn dafür auch etwas zu triezen. Ob er nun ein dreißigjähriger Mann oder noch ein Highschool-Schüler war, es machte einfach Spaß mit ihm. Und er sah das bestimmt genauso.

Und noch eine Sache gab es, die sich für mich nie ändern würde, wie alt er auch sein mochte. Die da nämlich wäre ...

»Ich liebe dich, Minato.«

»Wieso sagst du das ausgerechnet jetzt?!«, rief er.

Ja, ich liebte ihn. Schade nur, dass meine vielen Geständnisse uns im realen Leben noch kein bisschen nähergebracht hatten.

»Darf ich dich küssen?«

»Nein! Auf gaaar keeiiinen Fall!!«

»Dann lass mich in deine Wohnung und ich massiere dir die Brust- und Gesäßmuskeln.«

»Wow, das hast du aber lange nicht mehr gesagt! Nein, auch das erlaube ich dir nicht, du notgeiler Bock!«

Dieses Herumalbern mit Minato war längst Alltag für mich geworden, aber dennoch Glück pur. Ich spürte einen leichten Herzschmerz, als mir das bewusst wurde.

»Kinder gehören um diese Uhrzeit ins Bett! Also mach, dass du nach Hause kommst! Gute Nacht, Shin!!« Minato stieg schimpfend die Treppe zu seiner Wohnung hoch.

Ich grinste ihm hinterher und rief: »Danke für den tollen Tag, Minato!«

Da war eigentlich noch mehr, das ich ausdrücken wollte – aber ich wusste nicht so recht, wie ich es in Worte fassen sollte. Verdammt, ich war leider absolut kein Sprachgenie.

Minato winkte mir, ohne sich umzudrehen, und verschwand dann in seiner Wohnung. Einen Moment später ging die Tür wieder auf.

»Ich danke dir auch ...«

»Was?«

»Ich danke dir auch, dass du heute gekommen bist! So, und jetzt geh endlich, du notgeiler Bock! Bis morgen!«

Die Tür knallte endgültig zu.

Ich hielt es nicht mehr aus und fing schallend an zu lachen. Jetzt war ich für ihn also ein notgeiler Bock, aber dann sollte das eben so sein.

Ich liebte Minato dennoch. Ich wollte bei ihm sein, wollte ihn nicht verlieren. Sein Repertoire an Gesichtsausdrücken, die sich ständig wandelten, begeisterte mein Herz. Wie er mich in einem Moment fröhlich anlachte, dann wieder sauer wurde, schmollte oder weinte ... Ich liebte es, darauf zu reagieren, und die Gefühle, die er mir dadurch schenkte, hütete ich wie einen kostbaren Schatz.

Ich hoffte, dass die zwei Minatos, mit denen ich heute Zeit verbracht hatte, eines Tages verschmelzen würden und der reale Minato dann endlich zugeben könnte, dass er mich auch mochte. Denn ich wollte mein Versprechen dem jungen Minato gegenüber einlösen und ihn auch in der Wirklichkeit glücklich machen.

Ich stieß einen langen Seufzer aus. Der Traum hatte sich so echt angefühlt, dass mir beim Gedanken daran, wie Minato mich berührt hatte, direkt wieder heiß wurde. Heute Nacht würde ich wahrscheinlich nicht einschlafen können. Und wenn ich Minato später davon erzählen würde, dass ich nicht schlafen konnte, hieß es garantiert wieder, ich sei ein notgeiler Bock. Ich musste wieder lachen.

Mir war etwas wehmütig, nachdem wir uns verabschiedet hatten. Aber innerlich war Minato natürlich sowieso die ganze Zeit bei mir. Ich schaute zu der sanft leuchtenden Mondsichel am Himmel hoch und machte mich auf den Heimweg.

Gute Nacht, Minato.

Morgen sehen wir uns wieder in deiner Wäscherei.

Ende

Wash
my heart!

STOPP!

Auf den nachfolgenden fünf Seiten
folgt ein Manga. Da dieser in japanischer
Leserichtung, also von rechts nach links,
gelesen wird, springe bitte auf Seite 156!

Muss ich ihm beim Kinobesuch eine Antwort geben?!

Echt bewunderns- wert, wie er einfach so ...

... seine Gefühle ausdrücken kann.

»Nein, Akira. Bitte bleib noch bei mir ...«

»Ich will mit dir zu- sammen sein.«

... mit mir macht, drehe ich durch.

Wenn er so etwas noch mal ...

Noch zwei Monate, bis Minato probehalber Shins Freund wird.

Ich
bin doch
in Herrn
Sakuma
verliebt.

Aber
Shin hat
sich in
mich ver-
liebt.

Heißt
das, er
steht wirk-
lich auf
mich?!

Aaaah
!!!

Groaah

Uuuh ...

Tapp

Tapp

Nee, oder?!

Tapp

Ah!

Hey, Akira!

Tapp

Shin hat sich in mich verliebt?!

Hey, Akira! Spiel mit mir!

Wapp

Sorry, Asuka!! Heute kann ich nicht!!!

Waaas?

Oh, Akira!

Hunger auf Kroketten?

Nein, danke!! Heute nicht!!!

Wapp

Willst du heute nicht schwimmen?

Sorry, heute geht's nicht!!!

Wapp

Bonusgeschichte: Minatos Traum in Shins Traum

»Aber ich hab mich halt total in dich verliebt.«

»Bitte, Akira ... Gib mir doch eine Chance.«

Fwapp

Komm nicht zu spät, sonst war's das!

Wir treffen uns am Sonntag um zehn vor dem Kino am Bahnhof.

Boah, du bist aber hartnäckig ... So hat mich noch nie jemand bedrängt.

Puh ...

Kratz

Kratz

Meine Güte!

Wash
my heart!

Nachwort

Hallo, ich bin Yuzu Tsubaki.

Es ist mir eine große Freude, dass ich die Gelegenheit hatte, eine Light Novel zu *Minato's Coin Laundry* herauszubringen. Dieser Wunsch konnte nur dank euch, meinen treuen Lesern, und allen Beteiligten an diesem Projekt in Erfüllung gehen. Vielen, vielen Dank!

Ich war auch sehr glücklich, dass Sawa Kanzume, die Zeichnerin des Mangas, die Illustrationen zur Light Novel übernommen hat. Als ich ihre Skizzen zum Absegnen erhielt, musste ich laut schreien, so toll waren sie! Und als ich später dann die fertigen Illustrationen sah, habe ich vor Überwältigung einfach nur lange auf meinen PC-Bildschirm gestarrt. Insbesondere die Farbseite mit dem Kuss von Minato und Shin mag ich sehr, genauso wie die dezente Kussszene neben der Leiter. (Ach, aber der kleine Asuka ist auch total süß geworden ... und Minato in Schuluniform sieht so cool aus ... Ich finde eigentlich alle Illustrationen super!) Sawa Kanzume bringt so feine Nuancen in die Gesichtsausdrücke der einzelnen Charaktere hinein, dass ich gar nicht weiß, wie ich ihr danken soll!

Zu Dank verpflichtet bin ich auch meinem Redakteur Y. für die tollen Storyideen und unsere lustigen Gespräche darüber, was die Charaktere so alles machen könnten ... Außerdem danke ich Redakteur H. fürs Betreuen der Light Novel und die ermutigenden Worte, obwohl Sie ganz sicher Wichtigeres zu tun hatten, als sich mit mir und meinem Text zu beschäftigen. Vielen Dank! Ich würde mich freuen, wenn wir in Zukunft wieder zusammenarbeiten könnten.

Und zu guter Letzt hoffe ich, dass ich euch mit dieser Light Novel etwas Herzklopfen bereitet habe und ihr euch in die Gefühle des verliebten Shin hineinversetzen konntet. Wenn ihr irgendwelche Meinungen oder Gedanken zur Geschichte habt, lasst sie mich gerne wissen.

Vielen Dank und bitte beehrt auch morgen wieder *Minato's Coin Laundry*.

Yuzu Tsubaki

Wash
my heart!

TOKYOPOP GmbH
Hamburg

TOKYOPOP
1. Auflage, 2025
Deutsche Ausgabe/German Edition
©TOKYOPOP GmbH, Hamburg 2025
Aus dem Japanischen von Ekaterina Mikulich

NOVEL MINATO SHOJI COIN LAUNDRY UTAKATA NO KISS
©Yuzu Tsubaki 2022
©Sawa Kanzume 2022
First published in Japan in 2022 by KADOKAWA CORPORATION, Tokyo.
German translation rights arranged with KADOKAWA CORPORATION, Tokyo
through TUTTLE-MORI AGENCY, INC., Tokyo.

Redaktion: Simone Meinecke
Lettering und Herstellung: Alina Kronenberg
Druck und buchbinderische Verarbeitung:
CPI – Clausen & Bosse GmbH, Leck
Printed in Germany

Wir achten auf die Umwelt.
Dieses Produkt besteht aus FSC®-zertifizierten
und anderen kontrollierten Materialien.

ISBN 978-3-7593-0309-7

www.tokyopop.de

Wash
my heart!

MINATO'S COIN LAUNDRY

Sawa Kanzume / Yuzu Tsubaki

Zeichnungen: Sawa Kanzume
Text: Yuzu Tsubaki

Gefühle im Schleudergang

Mit Anfang dreißig hängt Minato aufgrund gesundheitlicher Probleme seinen Bürojob an den Nagel und übernimmt den alten Münzwaschsalon seines Großvaters. Die Stammgäste sind hauptsächlich ältere Nachbarn, doch an einem flirrenden Sommertag taucht dort der Schüler Shintaro auf. Als sich Minato auf holprige Weise als homosexuell outet, reagiert Shintaro zunächst irritiert. Einige Tage später bekundet er allerdings offen sein Interesse an ihm und überhäuft ihn fortan mit Aufmerksamkeiten. Obwohl der Schüler genau sein Typ ist, ist Minato aufgrund des Altersunterschiedes eher zurückhaltend. Er schlägt daher vor, dass sie erst mal eine Freundschaft aufbauen sollten …

HEAVEN OFFICIAL'S BLESSING LIGHT NOVEL

Mo Xiang Tong Xiu

Zweimal schon ist Xie Lian zum Gott aufgestiegen – und zweimal wurde er aufgrund seines Hochmuts wieder verbannt. Als es ihm nun zum dritten Mal gelingt, ist er das Gespött des Himmels. Er hat jedoch inzwischen Demut gelernt und da er in der Menschenwelt keinerlei Anhänger mehr hat, beschließt er, sich selbst seinen ersten Schrein zu errichten. Dabei begegnet er einem seltsamen jungen Mann, der sich als »San Lang« ausgibt und nicht nur viel über die Götter- und Geisterwelt zu wissen scheint, sondern auch über außergewöhnliche Fähigkeiten verfügt. Gemeinsam müssen sie gegen böse Geister kämpfen – doch wer ist dieser mysteriöse Mann in Rot …?

www.tokyopop.de

THE GRANDMASTER OF DEMONIC CULTIVATION – LIGHT NOVEL

Mo Xiang Tong Xiu

Nach dem Tod von Wei Wuxian, einer der mächtigsten Männer seiner Generation, hallen Jubelschreie durch das ganze Land. Jahre vergehen, bis er durch ein Opferritual zurück in die Welt der Lebenden – in den Körper eines Fremden – beschworen wird! Er versucht, seine wahre Identität geheim zu halten, trifft jedoch auf einen alten Bekannten: den attraktiven Lan Wangji. Als die beiden erneut in dunkle Machenschaften hineingezogen werden, müssen sie sich nicht nur ihren Gefühlen füreinander, sondern auch bösartigen Geistern und feindseligen Clan-Mitgliedern stellen, um die in dichten Nebel gehüllten Wahrheiten ans Licht zu bringen!

www.tokyopop.de